AF190045

# Adele Stein

----------

## Ins Kraut geschossen

Frische Geschichten aus der
Westfälischen Provence
und anderen schönen Orten

Über dieses Buch:

In diesem Buch nimmt Adele Stein uns ein weiteres Mal mit in die einzig wahre Provence der Welt. Sie erzählt augenzwinkernd die westfälische Version eines berühmten Erotik-Bestsellers und erklärt, was explodierende Rotweinsoßen mit Kunst zu tun haben. Die Geschichte *Harte Fakten* widmet sich den bislang unterschätzten Gefahren ökologisch-korrekten Verhaltens. Zu altbekannten Dorfbewohnern wie Hart, Ingrid, Ella, Jo und Hund Pablo gesellt sich diesmal Katze Polly, deren Gewichtsprobleme die Heldin des Alltags ebenso auf Trab halten wie die grüne Hölle in ihrem Vorgarten. Was für ein Glück, dass auf dem Land schnelle und praktische Hilfe nie weiter entfernt ist als der nächste Nachbar!

Andere Geschichten in diesem Band geben - ganz nebenbei - Antworten auf mehr oder minder existenzielle Fragen des Daseins: zum Beispiel, was man macht, wenn die eigene Schwester in der New Yorker U-Bahn verloren geht, warum das Goethe-Haus in Weimar zum Wallfahrtsort für Teenager geworden ist oder wie man trotz unlustigem Studentenleben in Göttingen das Lachen nicht verlernt... .

www.adelestein.jimdo.com

www.facebook.com/pages/Adele-Stein

Bisher bei BoD von Adele Stein erschienen:
**Westfälische Provence und andere Geschichten**
ISBN 978-3-7322-4681-6
**Landeier und andere Spezialitäten. Neue Geschichten aus der Westfälischen Provence**
ISBN 978-3-7357-2122-8

Außerdem lieferbar:
Adele Steins Kriminalromane – natürlich mit westfälischem Lokalkolorit!
**Tödliches Feld**
ISBN 978-1501088940
**Endstation Silo**
ISBN 978-1542316521

Alle Figuren in meinen Geschichten sind frei erfunden, eventuelle Ähnlichkeiten sind unbeabsichtigt und zufällig.

*Für meine Kinder.*

*Bibliografische Information der Deutschen Nationalbibliothek: Die Deutsche Nationalbibliothek verzeichnet diese Publikation in der Deutschen Nationalbibliografie; detaillierte bibliografische Daten sind im Internet über http://dnb.dnb.de abrufbar.*

© by Adele Stein 2017
Foto auf dem Titel: Private Aufnahme der Autorin

Herstellung und Verlag:
BoD - Books on Demand, Norderstedt
ISBN 978-3-7460-3126-2

# INHALT

----------------------------

Ein paar Vorworte 7

Ins Kraut geschossen 9

Katzennest 18

Mara allein in New York 23

Shades of Grey auf dem Dorfe 43

Explodierte Rotweinsoßen
oder: Ist *das* Kunst? 52

Weimarer Klassik 2.0 63

Gerdie war meine Freundin 66

Pumpernickel Curtain 88

Harte Fakten 90

## Ein paar Vorworte

Bücher sind nur dickere Briefe an Freunde.
Jean Paul

Aller guten Dinge sind drei.
Überlieferung

Auch das dritte Buch mit Geschichten aus der Westfälischen Provence entführt euch bzw. Sie, liebe Leser, wieder in die Heimat von Hart und meinen anderen Nachbarn. Längst ist sie auch für mich Heimat geworden. Wer hätte das gedacht? Ich tatsächlich am allerwenigsten.

Die Geschichten in diesem Band machen diesmal auch Ausflüge an andere Orte. Es geht nach New York, Weimar und Göttingen. Ein paar kleine Seitensprünge sind erlaubt, finde ich.

Irgendwie ist es auch so, dass mir mittlerweile fast überall, wo ich bin, ein bisschen Westfälische Provence begegnet. Dafür und für vieles mehr – z.B. für den Hinweis meiner lieben Nachbarin von rechts nebenan auf das Jean-Paul Zitat oben oder den Einsatz meiner allerbesten Lektorin! - bin ich dankbar.

November 2017
*Adele Stein*

## Ins Kraut geschossen

Als meine Mutter noch lebte, wohnten wir in einem Haus mit gepflegtem Gartengrundstück. Meine Mutter war eine ebenso talentierte wie hingebungsvolle Gärtnerin. Offensichtlich tat sie immer alles genau in der richtigen Dosierung und Intensität: Unser, also eigentlich *ihr* Garten, grünte und blühte, dass es eine wahre Wonne war. Alles wuchs genau da, wo es wachsen sollte. Kein Unkraut der Welt hatte eine Chance gegen ihre Argusaugen, mit denen sie Löwenzahn, Milchdisteln, Vogelmiere, Giersch und andere Gewächse der *Kategorie Gärtnerschreck* entdeckte, und gegen ihre unermüdlichen Hände, mit denen sie den unerwünschten Keimlingen zu Leibe rückte. Sobald sie auch nur wenige Millimeter aus der Erdoberfläche schauten, wurden sie gnadenlos heraus gezupft.

Erst nach dem Tod meiner Mutter machte ich die Erfahrung, dass es mit einem Garten so ähnlich ist wie mit einem Haushalt: In beiden sieht man die Arbeit nur, wenn man sie nicht erledigt. Im Garten ging das fast noch schneller, stellte ich bald fest. Es dauerte gar nicht lang, und das gepflegte Gartengrundstück von einst verwandelte sich in eine Art grüne Hölle, die mich bis in meine Träume verfolgte. In einem bekämpfte ich Giersch & Co. mit der Machete in der Hand und schlug dabei eine Schneise, um wieder auf den Bach schauen zu können, der an unserem Haus vorbei fließt. Ich wischte mir erschöpft den Schweiß von der Stirn, um festzustellen, das ich einen Tropenhelm trug und dass ich statt auf die Blögge auf den oberen Amazonas blickte. Ungefähr in der Mitte des Stroms paddelten unsere Nachbarn Ingrid und Hart in einem Einbaum und winkten mir fröhlich zu. Während ich noch überlegte, ob Hart den Einbaum wohl auch bei *ebay* ersteigert und selbst abgeholt hatte – so wie damals (allerdings aus Versehen) seinen dritten Oldie-Trecker* - wachte ich auf, weil mein Mann mich in die Seite geknufft hatte.

Lass das doch", murmelte ich.

„Okay", sagte Johan. „Aber dann hör' damit auf, ständig im Schlaf nach deiner Mutter zu rufen."

Kurze Zeit darauf sprach ich auch am lichten Tag und im völligen Wachzustand zu ihr. Ich streifte durch den Vorgarten, den ich tags zuvor geradezu manisch in stundenlanger Arbeit vom Unkraut befreit hatte und traf auf eine Art Löwenzahn-Mutation, die gefühlt einen halben Meter hoch war. *Diese Pflanze* – das hätte ich schwören können - war an *dieser Stelle* gestern überhaupt noch gar nicht zu sehen gewesen.

Die musste über Nacht dort gewachsen sein!

„Mama", sagte ich, „liebes Mamilein. Ich würde dich so gern noch bei mir haben. Hier, in deinem schönen Garten. Sag' mir bitte, dass ich mir das mit dem Löwenzahn auf gar keinen Fall einbilde. Und wenn du dann schon mal hier bist, könntest du vielleicht dieses Sch...Unkraut in Schach halten? So wie früher?"

Johan war es, der mich aufklärte, dass es heutzutage nicht mehr *Unkraut* heißt. Man muss ökologisch und politisch korrekt nunmehr von *Wildkräutern* sprechen. Und ich solle mich mal nicht so über das bisschen Löwenzahn echauffieren. Lieber, so meinte er, möge ich gelassen abwarten, bis er blüht und die Blütenblätter dann Hart für seinen leckeren Aufgesetzten zur Verfügung stellen.

Als wir dann nach einiger Zeit die Sache mit den *Wildkräutern* in den Beeten so einigermaßen in den Griff bekamen, verzogen sich die tückischen Gewächse in die Fugen des Pflasters vor unserem Haus. Auch die Löwenzahnmutation war dabei. Allerdings wuchs sie jetzt nicht einen halben Meter der Sonne entgegen, sondern ihre Wurzeln hatten beschlossen, dasselbe in umgekehrter Richtung zu tun. Ich zupfte, riss und hackte mir die Finger blutig. Die Löwenzähne wuchsen wie die Köpfe der Hydra immer wieder und ausgedehnter nach.

11

Zusammen mit Sauerklee, Moos und Stink-schnorchschnabel besiedelten sie zunehmend größere Flächen vor unserem Hauseingang und entlang des Gartenzauns, der unser Grund-stück zur Straße hin begrenzt.

Meine Mutter kam mir im Nachhinein wie eine Heldin mit magischen Kräften vor. Wie hatte sie es bloß geschafft, diesem ganzen unerwünschten Wachstum auf ökologisch vertretbare Weise – denn sie hatte nie irgendeinen Unkrautvernichter eingesetzt - Einhalt zu gebieten? Und nie, niemals hatte sie auch nur das kleinste bisschen Anerkennung für diese Sisyphos-Arbeit von mir bekommen. Ich kam mir ihr gegenüber posthum ganz schäbig und undankbar vor.

„Das ist doch Quatsch“, sagte mein Mann. „*Wie der Gärtner, so der Garten*, sagt ein hebräisches Sprichwort. Wir sind eben einfach etwas wilder als deine Mutter. Wen stört's?“

„Mich“, erklärte ich. „Ich will es nicht wild. Jedenfalls nicht auf dem Grundstück. Ich möchte endlich wieder an einem gepflegten Ort wohnen!“

„Dann musst du zupfen! Jeden Tag! Viele Stunden! So hat es deine Mutter wenigstens hinbekommen.“

„Und kannst du mir auch verraten, *wann* ich *das noch* machen soll?“

„Frühmorgens vor der Arbeit?"

„Ach nee. Und *wieso ich* und nicht du?"

„Weil *mich* die Wildkräuter nicht stören", sagte mein Mann. „Aber du hättest natürlich noch die Möglichkeit, in der Nachbarschaft um eine kleine Spende von jenem Zeugs zu bitten, dass sie bei *Korn & Kokolores* im Kanister *unterm* Ladentisch verticken."

„Spinnst du? Das ist total giftig, umweltschädlich und so. Auf gar keinen Fall werde ich das tun!"

Trotzdem hatte mich Johan auf eine Idee gebracht. Vielleicht gab es ja eine ökologisch unbedenkliche Variante, irgendeine Substanz, die halbwegs umweltfreundlich war und trotzdem den Löwenzahn und die anderen pflanzlichen Plagegeister in unserem Garten wirksam eindämmen würde. Kurzentschlossen fuhr ich zu *Blumen-Klespe* in der Nachbarschaft und ließ mich vom Chef, Herrn Klespe junior, persönlich beraten.

„Hm", sagte der, nachdem ich ihm mein Anliegen vorgetragen hatte.

„*Hm ja* oder *hm nein*?", fragte ich zurück.

„Natürlich gibt es da auch *was Biologisches*... Ich hätte das sogar da. Aber *ähm*, nun ja. Wenn ich ganz ehrlich bin..., aber man kann es *ähm* natürlich mal *natürlich* versuchen. Halten Sie sich genauestens an die Gebrauchsanweisung.

Viel *ähm* Glück damit."

„Danke, das werde ich", erwiderte ich knapp, nahm ihm das Fläschchen mit der durchsichtigen Flüssigkeit aus der Hand und steuerte die Kasse an.

Das war mal wieder typisch. So gern ich auf dem Land und mit seiner Bevölkerung (jedenfalls der in unserer Nachbarschaft) lebe, so sehr weiß ich auch, dass die Eingeborenen uns Zugezogene gern, wenn es um Dinge wie Garten und Landwirtschaft geht, als grün-alternative Romantiker belächeln (und dann manchmal eine nahezu lustvolle Freude an kleinen Umweltfreveln entwickeln).

„Immer schön bei Vollmond spritzen", hörte ich Klespe junior noch leise hinter mir her sagen.

Ich drehte mich noch einmal zu ihm um.

„Klar doch", sagte ich. „Ich tanze gern auch ihren Namen dabei."

„*Ähm*", kam es von Klespe junior. Sein Gesicht hatte die Farbe der roten Geranien angenommen, die hinter ihm aufgebaut waren.

Zu Hause angekommen, las ich zuallererst die Gebrauchsanweisung des *garantiert umweltverträglichen* Wildkräuter-Ex & Hopp. Laut dieser sollte es auf trockenem Boden aufgebracht werden, und es sei um so wirksamer, je länger dieser auch trocken bliebe. Ich studierte also als nächstes die Wettervorhersage auf meinem Handy. Kein Regen in Sicht. Zum Glück. Also mischte ich die Flüssigkeit exakt nach der Beschreibung mit Wasser, füllte die Flüssigkeit in eine alte Blumenspritze und begann sorgfältig jeden Quadratzentimeter des Pflasters und des Gehwegs am Gartenzaun damit einzusprühen. Es wurde schon dunkel, als ich damit fertig war und mich zu Johan auf die Gartenbank setzte, um ein wenig zu verschnaufen.

„Und du meinst tatsächlich, dass das Bio-Zeugs wirkt?", fragte er und grinste. „Wir haben ja derzeit noch nicht mal Vollmond... ."

„Voll*idiot*", sagte ich.

Ungefähr eine Woche später begannen sich die Wildkräuter zu verändern. Sie wurden schlapp, verfärbten sich ins Gelbe und schließlich ins Bräunliche. Der etwas später einsetzende starke Regen tat das Übrige: Er schwemmte die abgestorbenen Stängel und Blätter einfach davon.

Ich triumphierte.

„Da siehst du's mal", sagte ich zu Johan und fühlte mich wie der blaue Umwelt-Engel persönlich. „Von wegen, diese biologischen Produkt taugen nichts... ."

Am liebsten hätte ich auch ein Foto zum Beweis für Herrn Klespe junior gemacht und für alle meine Nachbarn auch. Es war so einfach, ein besserer Mensch zu sein, im Einklang mit der Schöpfung zu leben und trotzdem einen Garten *ohne Wildkräuter* zu haben.

„Ich kann es gar nicht glauben", erwiderte Johan kopfschüttelnd. „Besonders, weil es selbst vor der Garage Wirkung zeigt, wo du ja gar nicht mehr gespritzt hattest... ."

Genau eine Woche lang freute ich mich über das Ergebnis meiner Aktion und auch ein wenig darüber, dass *ich* und *nicht Johan* in der Sache Recht behalten hatte. Dann begegneten wir sonntags einem unserer netten Nachbarn auf der Straße, dessen Namen ich hier gern ausnahmsweise einmal verschweigen möchte.

„Na, habt ihr euch über meine kleine Aufmerksamkeit gefreut?", fragte er uns, nachdem wir stehen geblieben und uns begrüßt hatten.

Und als weder Johan noch ich einen blassen Schimmer hatten, was es genau mit der *kleinen Aufmerksamkeit* auf sich hatte, fügte er mit einem Augenzwinkern hinzu: „Ich hatte noch ein bisschen was in der Spritze übrig, und da dachte ich mir, dass euer Pflaster vor der Tür, der Gehweg am Zaun und die Zufahrt zur Garage das doch ganz gut gebrauchen könnten. Sieht doch jetzt schon wieder alles richtig gepflegt aus, oder?"

----

*Die Geschichte „Wie Hart 1,2,3 einen Trecker kaufte" ist im Buch „Westfälische Provence und andere Geschichten" nachzulesen.

## Katzennest

Es gibt einen Roman von Georges Simenon über ein altes Paar, dessen Beziehung ebenso am Boden liegt wie die Gegend, in der sie wohnen. Simenon lässt uns in furchtbare menschliche Abgründe blicken. Es ist nicht nur so, dass die beiden sich nichts mehr zu sagen haben: Sie führen einen fiesen Ehekrieg, und die Geschichte endet – man weiß es irgendwie von Anfang an – mit gleich mehreren Katastrophen. Eine harmlose Hauskatze wird dabei zum Symbol dafür, wie Rache, Hass und Zerstörung über Menschen hereinbrechen können, die sich wahrscheinlich einmal geliebt haben. Verfilmt wurde das auch. In blassen Farben und mit herausragenden Schauspielern: Jean Gabin und Simone Signoret. Wer die Katze spielt, habe ich vergessen.

Ich kann mir gut vorstellen, dass Buch und Film seinerzeit Wasser auf die Mühlen jener 1968er-Zeitgeister waren, für die Ehen (und vermutlich alle langjährige Beziehungen) mit Haftstrafen für politische Gefangene in süd- oder mittelamerikanischen Diktaturen gleichzusetzen sind: Im besten Fall bringen sie den Partnern nur Abstumpfung und Sprachlosigkeit, im schlimmeren (wie bei Simenon nach dem Ableben der Katze) Tod und Teufel.

Nun haben mein Mann Johan und ich auch eine Katze. Wir haben sie von den Kindern geerbt, die, was die Anschaffung von Haustieren anbelangt, in der Familie das Sagen hatten. Jedenfalls, solange sie (die Kinder) noch bei uns wohnten. Auch Polly hatten sie angeschafft und zwar während Johan und ich eine unserer sehr seltenen *Ein-Wochenende - ohne- die-Kinder-Unternehmungen* praktizierten. Als wir am Sonntagabend vom Wandern aus dem Sauerland zurückkamen, lag Polly schlafend zwischen den beiden Teenagern auf dem Sofa und gab leise Schnarchgeräusche von sich. Maria aus der Nachbarschaft habe sie gebeten, das arme Tier in Obhut zu nehmen, da es von den anderen Katzen ihres Haushalts gemobbt würde, erklärte meine Tochter. Dieses Anliegen hätten sie ja nicht einfach zurückweisen können, zumal Maria uns allen auch schon oft einen Gefallen erwiesen habe.

„Eigentlich wollten wir ja kein Haustier mehr", sagte ich. Mein Mann nickte vehement.

Aber diese kleine Katze sei ein Mobbing-Opfer, erklärte mein Sohn. Ich hätte doch neulich erst beim Abendessen erzählt, wie schlimm das sei, wenn man davon betroffen ist. Und nun wollte ich noch nicht einmal einer traumatisierten Katzenseele Asyl gewähren?

„Wie seid ihr denn mit Maria verblieben?",

fragte Johan vorsichtig.

„Na, wir haben ihr natürlich gesagt, dass ihr einverstanden seid! Und deswegen hat sie uns auch Pollys komplette Erstausstattung gleich mit geschenkt: ein Katzenklo, zwei Näpfe und eine aufziehbare Spielzeugmaus!"

Damit war die Sache klar. Polly blieb samt ihrer Utensilien bei uns: eine kleine, magere und etwas verstörte Katze mit einem niedlichen Gesicht, von Kopf bis Fuß schwarz-weiß-gefleckt.

Die Kinder hegten, pflegten und umsorgten sie wie ein neugeborenes Baby. Pollys anrührende Bedürftigkeit und ihr ständiges Plärren nach Essen führten allerdings dazu, dass wir es offenbar ein wenig mit der Nahrungszufuhr übertrieben. Denn nach wenigen Monaten erinnerte nicht nur Pollys Fell, sondern auch ihr Leibesumfang an die prämierten Milchkühe aus Johans norddeutscher Heimat. Ihr vorher schmächtiger Katzenkörper nahm die Form einer prall gefüllten Wurst an, während ihr Kopf klein blieb und ihre Beine so dünn, dass sie sich unter der Last ihres Gewichts x-förmig durchbogen. Letzteres sah besonders komisch aus, wenn sie versuchte zu rennen. Vermutlich hatten wir darüber einmal zu viel gelacht, denn Polly begann bald damit, ihre Laufaktivität und ihren Bewegungsradius auf ein Mindestmaß zu reduzieren.

*Wann wirft eure Katze denn?*, ist seither die übliche Frage aller Menschen, die uns besuchen und Polly noch nicht gesehen haben. Dabei ist sie längst aus katzenbevölkerungspolitischen Gründen von der Tierärztin im Nachbardorf sterilisiert worden. Das immerhin konnten wir gegen die Kinder durchsetzen.

Dann zog zunächst unsere Tochter und ein halbes Jahr später auch unser Sohn von zu Hause aus. Zurück blieben mein Mann und ich. Und Polly, die jetzt (mittlerweile laut) schnarchend zwischen *uns* liegt - im Winter auf dem Sofa, im Sommer auf der Gartenbank. So verbringen wir gemeinsam unsere Abende und sprechen entweder mit der Katze oder über sie. Ganz ähnlich wie früher, nur, dass wir da mit den Kindern oder über sie redeten. Wenn die heutzutage zu einem ihrer recht selten gewordenen Besuche nach Hause kommen, stellen sie schnell ihr Gepäck in den Flur, begrüßen uns knapp, um sich dann über das Tier zu werfen und ein verzücktes *Pollylein, mein Baby, ich hab' dich so vermisst!* auszurufen.

Auch dann ist Johan und mir klar, dass wir niemals und um keinen Preis Polly hergeben dürfen. Nicht jedenfalls, bevor ihr Schöpfer sie zu sich ruft. So hegen und pflegen wir das mit uns in die Jahre gekommene Tier. Wir versuchen, sein Übergewicht unter Kontrolle zu halten, es zu regelmäßiger Bewegung an der frischen Luft zu motivieren und alle notwendigen ärztlichen Vorsorgetermine wahrzunehmen, damit es noch lange seinen Platz zwischen uns einnehmen kann.

----

## Mara allein in New York

Im März des vergangenen Jahres bin ich endlich nach New York City geflogen: die längst überfällige Erfüllung eines Traums, den ich seit den Tagen meiner längst vergangenen Jugend niemals zu träumen aufgehört hatte.

Unsere kleine Reisegesellschaft bestand aus meiner Tochter Eleonor, meiner Schwester Mara und mir. Mein Nachbar Hart hatte uns am Morgen zu dem kleinen Bahnhof im Nachbardorf gebracht. Von dort aus waren wir über Hamm nach Düsseldorf gefahren, hatten mittags ein Flugzeug bestiegen und waren Non-Stop über den Atlantik gedüst.

Die USA-erfahrene Eleonor hatte uns nach der Landung am Flughafen Newark mit öffentlichen Verkehrsmitteln nach Manhattan gelotst. Den Augenblick, als wir schließlich an der Penn-Station angekommen waren und uns zwischen den Menschenmassen nach draußen gedrängelt hatten, werde ich bis zu meinem hoffentlich seligen Ende nicht mehr vergessen. Ich stand an der 7th Avenue inmitten bunter Neon-Lichter und unzähliger Häuser, die sich scheinbar endlos in den Nachthimmel streckten. Ohrenbetäubender Großstadtlärm machte die Reizüberflutung beinahe perfekt. Johan, mein Mann, hätte das keine fünf Minuten ausgehalten. In weiser Voraussicht war er darum auch zu Hause geblieben.

Aber ich war glücklich und derart überwältigt, dass ich anfing zu weinen.

Auch ich in New York! Endlich! Mittendrin!

Eleonor knuffte mich in die Seite. „Is' was, Ma?"

„Dass ich *das* erlebe", flüsterte ich.

Eleonor verstand nicht. Sie tippte mit den Fingern auf ihre Ohren unter der grauen Mütze. Es war einfach zu laut.

„Ich kann's grad' nicht fassen!", schrie ich.

„Morgens noch in unserer idyllischen Börde, abends am Big Apple!"

Eleonor reagierte nicht. Sie konzentrierte sich darauf, uns die 7$^{th}$ Avenue entlang zu unserem Hotel zu lotsen. Eine Aufgabe, die sie souverän managte. Ihr guter Orientierungssinn ist unbestritten ein väterliches Erbe. Mara und ich hätten es nicht nicht einmal geschafft, von der Penn Station aus die richtige Richtung einzuschlagen. Wir waren froh und dankbar, dass wir einfach nur hinter Eleonor herzulaufen brauchten.

Das Hotel sollte ziemlich direkt am Times Square liegen. Es war ein unbeschreibliches Gewühl. Die Leute liefen kreuz und quer in alle Richtungen, und niemand kümmerte sich beim Überqueren der einmündenden Straßen um die roten Signale der Ampeln. Man drängelte sich einfach durch den Rückstau der Autos, den es garantiert an jeder Kreuzung gab. Dabei war es mitten in der Woche und schon ziemlich spät abends. Wie durch ein Wunder stolperte niemand über unsere Rollkoffer, die wir hinter uns her zogen. Wir bemühten uns, mit dem Tempo der New Yorker Schritt zu halten – ein schwieriges Unterfangen. Immer wieder wurden wir überholt. Des Öfteren kreuzten seltsam grün verkleidete, meist reichlich angeheiterte Menschen unseren Weg oder überrannten uns fast von hinten. Einige grölten und riefen sich Sachen zu, von denen ich kein einziges Wort verstand.

„Heute ist *St. Patrick's Day*", erklärte uns Eleonor.

Ich hatte meine sentimentalen Anwandlungen vorerst überwunden und griente jetzt: „Wenn Hart *das* gewusst hätte, wäre er glatt mit uns gekommen."

Unser Nachbar ist ebenso trinkfest wie -freudig. Wie ich ihn kannte, hätte er die Feierlichkeiten zu Ehren des irischen Nationalheiligen wohl nur zu gern zum Anlass genommen, um sich ordentlich einen hinter die Binde zu gießen. Erstaunlich eigentlich, dass es den St. Patrick's Day (von Hart, der nämlich tatsächlich auch irische Wurzeln hat, persönlich organisiert) nicht bei uns auf dem Dorf gibt. Das Bier würde in Strömen fließen und Hart auch nicht davor zurückschrecken, Lebensmittelfarbe in unseren Dorfbach, die Blögge, zu kippen, um das Wasser zu Ehren St. Patricks grün zu färben*.

Während ich so herum sinnierte, dachte ich auf einmal, dass es schon interessant war, dass ich selbst hier und jetzt (also während ich an der Seite von Mara und Eleonor durch *the city that never sleeps* taumelte), an Hart und meine derzeit Tausende von Meilen entfernte westfälische Wahlheimat dachte: an ein Dorf mit gerade einmal 700 Einwohnern, das sich längst schlafen gelegt hatte. Schließlich war gerade kein Schützenfest.

Meine Schwester Mara, die bislang für ihre Verhältnisse ungewöhnlich schweigsam neben Eleonor und mir hergelaufen war, bat jetzt um einen kurzen Zwischenstopp. Sie wollte endlich eine rauchen. Seit Düsseldorf hatte es keine Gelegenheit mehr dazu gegeben. Wir scherten also etwas nach rechts Richtung Straße aus, wo ein Müllcontainer stand, blieben dort stehen und parkten unsere Koffer dicht neben uns. Mara wühlte in den Taschen ihrer Jacke nach den Zigaretten, die sie schließlich auch fand. Als sie sich eine ansteckte, schielte ich ein bisschen neidisch zu ihr hinüber. Wie gern hätte ich jetzt auch eine gequalmt – hier, im Herzen Manhattans mit Blick auf die berühmten Reklametafeln am Times Square. Aber ich hatte vor einem Jahr meine letzte Zigarette ausgemacht. Schweren Herzens beschloss ich auch jetzt wieder, dass es erst einmal dabei bleiben sollte.

„*Hi ladies!* What's your *name*? *Where* are you from? Sweden? Denmark?" Neben uns war plötzlich ein älterer Mann, ein Afroamerikaner mit einem schon ergrauten Lockenkopf, aufgetaucht und hatte uns angesprochen.

Eleonor und ich erstarrten.

„Los! Weitergehen!", zischte meine Tochter.

Ich hielt mich sofort an die Anweisung, schnappte mir meinem Koffer und wollte gemeinsam mit Eleonor losrennen, als ich Mara sagen hörte: „*Hi, I'm Mara from Germany. Cigarette?*"

Wieder kramte sie in der Jackentasche, holte die Schachtel hervor und bot dem Mann – wir trauten unseren Augen kaum – tatsächlich eine ihrer Zigaretten an. Der Mann nahm sie und Maras Feuerzeug dankend an. Er gab es ihr zurück, nachdem er sich die Zigarette angezündet hatte. Mara machte keinerlei Anstalten, uns zu folgen, sondern rauchte genüsslich weiter.

„*Mara... nein... oh Gott, Mama*, was macht Mara da bloß?"

Meine ansonsten eher gelassene Tochter hörte

sich beinahe nervös an.

„Sie schließt gerade eine neue Bekanntschaft beim Rauchen", sagte ich.

„*Mama*, sag' ihr *bitte*, sie soll *jetzt sofort* mit uns *weitergehen!*"

„Sag' *du* es ihr", entgegnete ich. „Sie wird nicht auf mich hören. Du weißt doch: Ich bin die *jüngere* Schwester!"

„Mara! *Komm jetzt!* Wir müssen zum Hotel."

Eleonor, die ihrerseits selbst eine ältere Schwester ist, machte immerhin einen Anlauf, sich gegen ihre Tante durchzusetzen.

Maras Rauchkumpan schnappte das Wort *Hotel* auf: „*Hey, Ma'm. What's the name of your hotel? The Marriot? The Wyndham?*", fragte er.

Mara überlegte einen kurzen Moment und nannte ihm den Namen unseres Hotels. Normalerweise merkt sie sich so etwas Unwesentliches wie Hotelnamen gar nicht. Doch Eleonor hatte ihn uns beiden bereits im Zug von Newark zur Penn Station eingeschärft – für den Fall, dass wir uns irgendwie verlieren würden.

Das aber war ja zum Glück noch nicht geschehen... .

Jetzt schnappte Eleonor neben mir hörbar nach Luft, bevor es aus ihr herausbrach: „Wie kann Mara bloß so gutgläubig sein? Der Typ läuft uns jetzt garantiert bis ins Hotel nach. *Mann, Mama,* jetzt mach' *du* doch was!"

Mara unterhielt sich mittlerweile angeregt mit dem Mann. Ihr Englisch ist fließend, auch wenn Eleonor es immer als *etwas zu britisch* bezeichnet.

Ich zuckte mit den Schultern. „Dazu ist es jetzt vermutlich zu spät", sagte ich.

Endlich drückte Mara ihre Zigarette aus und verabschiedete sich freundlich von dem wildfremden Mann. Der ließ es sich zwar nicht nehmen, ihr die Schulter zu tätscheln und mehrmals hintereinander zu äußern, sie sei die coolste deutsche Lady, die ihm je begegnet sei, aber er blieb brav mit seiner Zigarette an der Mülltonne stehen, während wir uns mit unseren Koffern wieder auf den Weg machten.

„*Mann*, Mara", knurrte Eleonor. „Du bist aber vertrauensselig. Was, wenn der Typ fiese Absichten gehabt hätte?"

„Ach wo, *der doch nicht*", erwiderte Mara lachend und hakte meine Tochter unter. „Wenn ich was im Überfluss habe, dann Menschenkenntnis, Norilein! In meinen vierzig Berufsjahren sind mir so viele unterschiedliche Typen begegnet – da kriegt man irgendwann einfach mit, wer ein Schlitzohr ist und wer nicht. Glaub' mir, *der* war völlig harmlos. Er wollte ein bisschen mit uns quatschen und eine rauchen. Das war alles."

Eleonor beruhigte sich und strahlte ihre Tante

jetzt bewundernd an. „*Ich* schieb' immer gleich Panik bei so was", sagte sie. „Das hab' ich von Mama."

„Dafür findest du dank der *Johan-Gene* überall sofort den richtigen Weg", lobte Mara sie.

Ich fühlte einen kleinen Stich in meinem Inneren. So war das also! Alle waren toll: Mara mit ihrer überragenden Menschenkenntnis, Eleonor mit ihrer – *natürlich von Johan!* - geerbten Fähigkeit, sich problemlos in fremder Umgebung zurecht zu finden... , nur ich war einzig die Doofe vom Dorf, eine, die nichts war und nichts konnte... . Mein buckliger alter Vertrauter, der Minderwertigkeitskomplex, war verlässlich zur Stelle.

„*Soso*", sagte ich ein bisschen beleidigt zu Eleonor. „du meinst also, wenn *du* Panikgedanken hast, dann liegt das *an mir?*"

Mara antwortete für sie: „Mach' dir nichts daraus, Schwesterherz", sagte sie. „So schlimm ist das jetzt auch nicht! Stell' dir vor, du hättest ihr dein Rheuma vererbt. Das wäre wirklich *noch schlimmer!*"

In diesem Moment hatten wir den Eingang zu unserem Hotel zum Glück erreicht. Nach dem Einchecken brachte uns ein Express-Fahrstuhl hoch in den 37. (!) Stock, in dem unser Zimmer lag. Ich schaute aus dem Fenster: *Was für ein Ausblick!* Wolkenkratzer reihte sich an Wolkenkratzer. Die Häuser sahen aus wie perfekt ange-ordnete riesige Skulpturen. Meine Güte war das alles großartig! Ich vergaß, dass ich eigentlich ein bisschen sauer auf den Rest meiner Rei-segruppe war und fiel erst Mara, dann meiner Tochter vor Begeisterung um den Hals.

Wenn man sehr lange und sehr intensiv von etwas geträumt hat, das dann in Erfüllung geht, ist es ja manchmal so, dass die Realität den Er-wartungen nicht standhalten kann. Bei New York war das für mich nicht so. Im Gegenteil! Meine Erwartungen wurden um ein Vielfaches *übertroffen*. Wie im Rausch lief ich zusammen mit den beiden anderen in den nächsten Tagen durch die Millionen-Metropole – ich weiß gar nicht, wie viele Kilometer wir täglich zu Fuß zurücklegten! Jeden Abend schmerzten uns die Füße, und wir fielen todmüde ins Bett. Doch am nächsten Morgen standen wir wieder voller Ta-tendrang auf, um zu neuen Zielen aufzubre-chen. Ich sah die Freiheitsstatue und Ellis Is-land ebenso wie Ground Zero, lief zu Fuß über die Brooklyn Bridge, aß – in Brooklyn ange-kommen – mit Blick auf die atemberaubende Skyline von Manhattan den besten Hamburger meines bisherigen Lebens, fuhr das Empire State Building hoch (und natürlich auch wieder 'runter), wanderte durch den Central Park, be-sichtigte das Rockefeller Center, das UN-Gebäude, das Guggenheim Museum und natürlich das Museum of Modern Art.

Zu allen diesen Sehenswürdigkeiten und außerdem in die angesagtesten Fastfood-Läden der Stadt führte uns Eleonor mit derart traumwandlerischer Sicherheit, als würde sie seit mindestens dreißig Jahren in New York leben. Mara und ich taperten ihr quasselnd (schließlich mussten wir diese ganzen Eindrücke irgendwie verarbeiten, und das geht bei uns am besten, wenn wir möglichst viel reden) immer nur hinterher. Eine professionelle Reiseführerin – da waren wir uns einig – hätte uns nicht besser durch die Stadt lotsen können als meine Tochter. Ich war mächtig stolz auf sie.

Das Museum of Modern Art besuchten wir am vorletzten Tag. Wir waren schon am frühen Morgen dorthin – wieder einmal zu Fuß – auf-gebrochen. Unterwegs hatten wir einen ebenso riesigen wie leckeren Bagel verspeist, getreu Maras Weisheit: *Kunst auf leeren Magen geht gar nicht!* Wohl, weil wir so zeitig da waren, gab es an der Kasse des Museums keine Schlangen: Ruck-zuck standen wir in der riesigen Ein-gangshalle aus Glas und liefen auch schon die breite Treppe hinauf, die zu den Ausstel-lungsräumen führte. Wieder verschlug es mir fast den Atem. Wie oft hatte ich diese Halle und diese Treppe schon im Fernsehen und im Internet gesehen! Beim Anblick all der Pollocks, Rothkos und Twomblys an den Wänden reagierte sogar Mara – sie ist selbst Malerin und die drei genannten Künstler sind ihre Idole - einigermaßen ehrfürchtig.

„*Meine Güte*, sind die *gut*", ließ sie sich vernehmen. „Und findet ihr nicht, dass *der Rothko* da doch sehr an das Bild von mir erinnert, dass ich im Esszimmer hängen habe?"

„Ja, Mara", sagte ich. „Dieser Rothko ist wirklich *fast so gut* wie dein Gemälde im Esszimmer. Aber auch nur fast."

Mara hörte mir gar nicht mehr zu. Sie war längst einen Raum weiter gerannt und stand nun staunend vor einem *Readymade* von Marcel Duchamps, das aus einem Hocker und einem Fahrradreifen bestand.

„Das hier", grinste Eleonor, „könnte allerdings glatt von Papa sein. Der stellt die kaputten Teile seines Fahrrads auch einfach überall im Garten hin."

„Weil er keine Lust hat, sie beim Wertstoffhof abzugeben", grummelte ich. „Das ist keine Kunst, sondern Faulheit."

Nach vier Stunden im MOMA fielen uns fast die Füße ab.

„Ich denke, wir gönnen uns heute mal ein Taxi zurück", meinte Mara.

„Wir können auch U-Bahn fahren", schlug Eleonor vor.

Es stellte sich heraus, dass sie offensichtlich nicht nur einen Stadtplan, sondern auch das Streckennetz der Subway im Kopf hatte – jedenfalls wusste sie, dass um die Ecke eine Station war, von der aus wir ohne Umsteigen bis zur 49. Straße gelangen konnten. Von da aus war es bis zu unserem Hotel nur noch ein Katzensprung.

„Prima, das machen wir", sagten Mara und ich wie aus einem Mund. Dann hefteten wir uns an Eleonors Fersen, um zu dem besagten U-Bahnhof zu gelangen.

Die New Yorker U-Bahn Stationen wirken etwas verkommen und meist auch ein bisschen unheimlich: eng, niedrig, dunkel. Eleonor verteilte die Tickets, die sie zuvor an einem Schalter gekauft hatte, und führte uns ohne zu zögern zu einem Bahnsteig.

„Woher weißt du, dass es der richtige ist?", fragte ich sie. Eleonor verdrehte die Augen: ein untrügliches Zeichen der Genervtheit angesichts der – ihrer Meinung nach - völlig überflüssigen mütterlichen Frage. Sie tickt da einfach anders als ich.

*„Weil ich es weiß Ma?!* Ich könnte dir jetzt

natürlich das System der New Yorker U-Bahn erklären – das übrigens anders und auch viel komplexer ist als zum Beispiel das in Berlin –, aber *du* würdest es ohnehin nicht verstehen. Insofern: Vertrau' mir einfach! Mara hat damit auch kein Problem. *Stimmt's Mara?!*"

„Überhaupt nicht, Norilein! Es ist einfach großartig, *wie* super du dich hier zurechtfindest."

Eleonor strahlte über das ganze Gesicht. Mara stieg als erste in den Zug, der mittlerweiLe in den Bahnhof gerollt war. Ich folgte ihr und als letzte rückte Eleonor zu uns auf. Wir blieben in der Nähe des Eingangs stehen und gruppieRten uns um eine Haltestange. Meine Tochter studierte mit zusammengekniffenen Augen einen Streckenplan, der über einem Fenster hing.

„*Ups…*, schnell wieder 'raus!", verkündete sie dann plötzlich. „Das ist die Express-Linie, die hält nicht an der 49. ."

Bis heute sehe ich die sich anschließenden Szenen wie auf einer Kinoleinwand vor mir: Wir springen blitzartig aus der U-Bahn. Das heißt: Eleonor und ich tun das. Mara schafft es nicht mehr. Die Zugtür schließt sich zwischen uns und meiner Schwester. Ich schreie *nein!*, schreie *Mara, steig' an der nächsten Station aus!* (aber natürlich hört sie das nicht mehr), schreie Eleonor an, rüttele noch einmal am

Türgriff. Aber auch das nützt nichts mehr, *gar nichts*. Der Zug setzt sich mit aller Selbstverständlichkeit in Bewegung. Er ruckelt los, nimmt Fahrt auf und verschwindet ins Dunkle - *mit meiner Schwester darin.*

Für einen Moment schien es mir totenstill zu sein – auf einem U-Bahnhof mitten in New York City! Ich zerrte mein Handy aus meiner Tasche, rief Mara an, was völlig bekloppt war, denn weder ich noch sie hatten unterirdisch Empfang. Kurz überlegten Eleonor und ich, uns zu trennen. Eine sollte Mara hinterher fahren, die andere an der Station warten, falls meine Schwester zurückfahren würde. Wir verwarfen die Idee wieder. Nicht auszudenken, wenn wir uns auch noch verlieren würden! Aber was bloß sollten wir denn tun? Warten? Hinterherfahren? Wie würde Mara sich verhalten? Wir stellten Hypothesen auf, verwarfen sie wieder, entwarfen neue Szenarien. Schließlich entschieden wir uns, zunächst auf dem Bahnhof zu bleiben. Wir warteten die Ankunft von mehreren Zügen aus der Gegenrichtung ab in der Hoffnung, Mara käme zurück. Tat sie aber nicht.

„Ich halte das nicht mehr aus", sagte ich zu meiner Tochter. Meine Stimme zitterte genau so sehr wie der Rest meines Körpers. „Ich muss aktiv werden! Lass' uns mit derselben Linie hinterherfahren und an der nächsten Station aussteigen. Vielleicht steht sie da und wartet auf uns."

So machten wir es. Auf dem Bahnhof angekommen sprangen wir aus dem Zug. Ich war fast sicher, Mara würde dort sein, und wir würden uns kreischend vor Freude und Erleichterung in die Arme fallen. Fehlanzeige! *Keine Mara weit und breit.* Zwischen Eleonor und mir herrschte nun ein immer angespannteres Schweigen. Die Gedanken in meinem Kopf schwiegen nicht. Unablässig rasten sie wild auf und ab und dazu auch noch im Kreis herum – eine mentale Achterbahnfahrt. Mir wurde fast übel. Was, wenn Mara hier zunächst gewartet, sich mittlerweile aber auf den Weg zurück gemacht hätte? Waren wir vielleicht gerade eben aneinander vorbei gefahren? Was sollten wir jetzt als nächstes unternehmen? Weiter fahren? An der nächsten Haltestelle aussteigen und nachsehen? Oder wieder zurückfahren? Im Prinzip könnten wir uns so tagelang aneinander vorbei bewegen. Die Situation hatte etwas geradezu Kafkaeskes.

So schwer uns die Entscheidung fiel: Wir beschlossen, mit dem nächsten Zug bis zu unserem Ziel, der 49. Straße, zu fahren. Von dort aus wollten wir versuchen, Mara auf dem Handy zu erreichen. Sobald wir an der 49. ausgestiegen waren und wieder im Freien standen, wählte ich Maras Nummer. Es tutete!

*„Ich komme durch"*, frohlockte ich. Ein kleines Lächeln zeichnete sich auf dem Gesicht meiner Tochter ab. Ich ließ es gefühlte hundert Mal durchklingeln. Mara nahm nicht ab. Eleonors Lächeln verschwand. Schlimmer noch: Auf dem Gesicht meiner Tochter zeichnete sich so etwas wie Verzweiflung ab. „Oh, Gott im Himmel, Mara wird stinksauer sein! Sie wird mich hassen, Mama. *Von nun an und für immer*. Das verzeiht sie mir nie!"

Ich checkte, ob ich die richtige Nummer gewählt hatte, was der Fall war, versuchte es sofort noch einmal. Wieder ohne Erfolg.

Eleonor begann zu schluchzen. Ich bot meine ganzen Kräfte auf, es ihr nicht gleich zu tun.

„Beruhige dich Norilein", versuchte ich sie zu trösten. „Sie wird das Telefon leise gestellt haben und sitzt längst in einem Taxi."

„Mama... erinnere... dich...", Eleonor konnte kaum sprechen, „sie hat... ihre.. Kreditkarte... zu Hause... vergessen... und ihre letzten Dollars... hat sie... eben... im Museums-Shop ausgegeben."

Das stimmte.

„Vielleicht hat sie längst allein zum Hotel zurückgefunden." Mein zweiter Versuch, gute Stimmung zu verbreiten, war ebenfalls wenig erfolgreich.

„*Mara?*" Eleonor sah mich ungläubig aus ihren tränenfeuchten Augen an. „Die ist allein in New York genau so verloren wie du, Ma'!"

Ich schluckte. Im Prinzip hatte meine Tochter da natürlich völlig recht. Nichtsdestotrotz bemühte ich mich weiter um positives Denken.

„Es wird schon *irgendwie gut* ausgehen, Nori! Wie in diesem Film mit Kevin, den du und Leo früher immer so gern geschaut habt! Der hat sich ganz prima allein in New York durchgeschlagen, *obwohl er noch ein Kind war.* Lass' uns jetzt ganz fest dran glauben, dass Mara das auch schafft!"

„Lass' uns jetzt lieber ganz schnell ins Hotel, Ma'. Eventuell kommt sie ja doch mit 'nem Taxi da hin, und wir müssen sie auslösen oder so."

Wir beeilten uns jetzt. Fast rannten wir weiter in Richtung unseres Hotels. Im Laufschritt bogen wir um die letzte Ecke, steuerten direkt auf den Eingang zu und... glaubten, unseren Augen nicht zu trauen! Dort an der Wand aus Marmor lehnte, ganz lässig eine Zigarette rauchend, niemand anderes als... *Mara!*

Eleonor schrie so laut ihren Namen, dass die Menschen um uns herum zusammenzuckten. Dann rannte sie los und warf sich schluchzend in die Arme ihrer Tante.

„Na, *endlich*", sagte meine Schwester, als auch ich bei ihr angekommen war. Erleichtert atmete ich auf und drückte sie ebenfalls.

„Wie lange bist du schon hier?", fragte ich.

„Ach, seit *Ewigkeiten*! Wo seid ihr gewesen?"

„Aber wie bist du...? Wie hast du...? Es tut mir so leid ... ich.. *oh Mara*... ich hatte solche Angst um dich!" Eleonor war immer noch im emotionalen Ausnahmezustand. Sie konnte kaum sprechen.

„Alles gut, meine Nori", sagte meine Schwester. „Beruhige dich. Ich bin fein. Alles ok."

„Du hast dir also ein Taxi hierher genommen", sagte ich. „Ich wusste, dass du das schaffen würdest... ."

„Ach was, ich brauchte doch kein Taxi. Ich bin mit der U-Bahn hierher gefahren. Es war ganz leicht", erwiderte Mara und lachte. „Ich bin einfach an der nächsten Station 'raus, weil Nori ja meinte, es sei der falsche Zug, und dann habe ich eine nette alte Dame gefragt, wie man am besten zum Times Square kommt. Es stellt sich 'raus, dass sie in dieselbe Richtung fahren möchte, nur eine Station weiter! Wir haben uns *super* unterhalten - die ganze Fahrt über, bis ich an der 49. Straße ausgestiegen bin! Der Rest war dann ein Klacks, wie ihr ja wisst."

„Aber warum bist du nicht ans Handy gegangen?", fragte ich.

„Dasselbe wollte ich euch gerade auch fragen!"

Es stellte sich heraus, dass meine Anrufe trotz Freizeichen wohl im Mobilnetz-Nirwana verschwunden waren, und Mara war es genauso ergangen.

Abends in der Hotelbar genehmigten wir uns einen Drink, um auf unsere glückliche Wiedervereinigung anzustoßen. Und auf Mara, die keine Scheu gehabt hatte, eine wildfremde Frau in der New Yorker U-Bahn  anzusprechen, um nach dem Weg zu fragen.

„Wir sollten auch auf *diese Frau* trinken", sagte Mara. „Immerhin hat sie mir sofort die richtige Auskunft geben können! Wobei ich glaube, ich habe eine so gute Menschenkenntnis, ich habe *nicht* zufällig *diese.. .*"

„Ok, *Cheers*", unterbrach ich sie, „also auch auf deine Retterin aus dem Untergrund! Aber *vor allem* bin ich froh, dass *du wieder bei uns bist!*"

Eleonor meinte auch, sie sei *sehr erleichtert*, wie schnell wir uns letztendlich wiedergefunden hätten. „Schließlich ist Manhattan ja doch geringfügig weitläufiger als zum Beispiel unser westfälisch-provencalisches Dorf oder Iserlohn."

(In der sauerländischen Metropole bewohnt Mara seit kurzem einen großzügigen Loft. Das einzig Blöde daran ist, dass der Loft *ausgerechnet dort* lokalisiert ist. Finde ich jedenfalls. Aber das ist schon wieder eine andere Geschichte.)

„Ich hatte ganz schön Angst um dich!", sagte meine Tochter auch noch und drückte Mara noch einmal kurz an sich.

„Ach, *echt?*" Meine Schwester zog ihre Augenbrauen leicht nach oben. Einen flüchtigen Moment lang erinnerte mich der Ausdruck in ihrem Gesicht an den von Bruce Willis in seinen frühen *Stirb langsam* - Filmen: eine Mixtur aus erstaunt, heroisch und lässig zugleich. „Keine Sorge!", sagte sie dann. „So schnell gehe *ich* der Welt *nicht* verloren. Noch nicht einmal in New York!"

----

*Anspielung auf den Brauch in Chicago, am St. Patrick's Day grüne Lebensmittelfarbe in den Chicago River zu kippen

## Shades of Grey auf dem Dorfe

Vor einiger Zeit überraschte Matthes, der jüngste der drei Söhne unserer Nachbarn von schräg rechts gegenüber, seine Eltern damit, dass er heiraten werde. Und obwohl er dasjenige Kind von Ella und Jo ist, welches sich beruflich nicht in Richtung Landwirtschaft orientiert (und zudem in der Stadt lebt!), wollte er seine Hochzeit auf dem heimatlichen Hof feiern – so wie zuvor die älteren Brüder.

„Das hat mir jetzt gerade noch gefehlt!", stöhnte Ella. Wir waren mit dem Auto auf dem Weg in den *Pilates*-Kurs, den wir seit einiger Zeit gemeinsam besuchten. Ingrid, meine Nachbarin von schräg links gegenüber, war auch mit von der Partie.

„*Ach' komm*'", sagte die jetzt zu Ella. „Bei deinen beiden anderen Jäustern* war das doch auch kein Problem!"

Ella stöhnte erneut. Diesmal noch lauter als beim ersten Mal. Was ungewöhnlich ist. Denn eigentlich beklagt sie sich so gut wie nie über etwas.

„Erstens", entgegnete sie Ingrid, „war ich bei Andres und Steffen einige Jährchen jünger, zweitens wäre denen *im Leben* nicht eingefallen, im Mai zu heiraten, wenn ich Schützenfest feiern will *und sonst nix* und drittens... ach was...,

43

vergiss' es, ... egal... ."

Ella war sich selbst ins Wort gefallen und ließ das Ende ihres Satzes offen. Gleichzeitig machte sie eine unwirsche Handbewegung.

„*Was* jetzt *drittens?*", wollte Ingrid wissen.

„Nix."

„*Sag' schon.*" Ingrid ließ nicht locker. Um Ellas Mund zeichnete sich ein kleiner bitterer Zug ab, als sie schließlich doch noch mit ihrem dritten Punkt herausrückte.

„Sie wollen das Essen *von einem Caterer* bestellen", erklärte sie uns.

Ihre Stimme klang, als kündige sie die unmittelbar bevorstehende Apokalypse an.

„*Oh*", sagte Ingrid und schwieg anschließend betroffen.

Das war wohl die einzig angemessene Reaktion, wie mir schnell klar wurde. Denn ich hatte spontan ausgerufen: „*Das ist doch prima!*" und noch im selben Moment gewusst, dass *das* der falsche Text gewesen war. Dazu reichte ein Blick in Ellas jetzt völlig entgeistertes Gesicht aus.

„*Prima? Was* ist denn daran *prima?*", brach es aus ihr heraus, und sie blickte mich dabei fast schon wütend an. Betreten sah ich zu Boden. Ich war wohl mitten ins Innere des Fettnäpfchens getappt. So ein Mist! Am liebsten wäre ich aus Ingrids schwarzem Beetle-Cabrio gesprungen und in dem blühenden Rapsfeld untergetaucht, das rechts an uns vorbeiflog - Ingrid fuhr einen flotten Streifen.

Ella zeterte weiter. *So* hatte ich sie noch nie erlebt. Zum Glück jedoch war nicht ich der eigentliche Grund dafür, was mich erleichterte - schließlich will man ja seine nächsten Nachbarn nicht gegen sich aufbringen und zum Feind haben. Ella war sauer auf ihr eigen Fleisch und Blut nebst Anhang.

„Ist *unser* Essen jetzt auf einmal nicht mehr gut genug für den *Herrn Studenten,* seine zukünftige Gattin und ihre *piekfeine Mischpoke?*", wetterte sie. „Wie soll ich denn Jos Mutter beibringen, dass ihr Nudelsalat nicht mehr gewünscht ist? Und Hart wird auch beleidigt sein, wenn er seinen Kartoffelsalat *spezial* nicht mehr an den Mann und die Frau bringen darf, weil es stattdessen irgend so einen *Sushi-schi-schi* und *Fingerfood-an-keine-Ahnung-was* gibt, von dem kein Mensch satt wird."

Ingrids Mann Hart - eigentlich heißt er Reinhard - fabriziert seit Menschengedenken für die Dorffeste einen Kartoffelsalat, der mittlerweile Legendenstatus hat. Er besteht aus Pellkartoffeln, Fleischwurst, sauren Gurken und Mayonnaise - zu annähernd gleichen Teilen - und schmeckt (ich erwähnte das an anderer

Stelle schon einmal) göttlich.

„Es könnte natürlich sein, dass Hart gekränkt ist", sagte Ingrid, während sie vor unserem Ziel, dem Kneipp-Zentrum, schwungvoll rückwärts einparkte. „Ich habe ihn allerdings für nach dem Schützenfest wieder bei den *Weight-Watchers* angemeldet. Da kann er beim Salat schon mal anfangen, Verzicht zu üben."

Auf der Rückfahrt vom Sport eine Stunde später wirkte Ella schon wieder etwas ausgeglichener. Das lag nicht nur, wie ich zuerst vermutete, am *Pilates-Work-Out*, sondern daran, dass sie einen Entschluss gefasst hatte, den sie uns jetzt verkündete: „Ich reg' mich da jetzt einfach nicht mehr drüber auf! Wenn Matthes unbedingt *fertiges* Essen geliefert bekommen möchte... *bitteschön!* Meinetwegen sogar Sushi.... . Aber dann soll er auch gleich Servicepersonal engagieren! So hab' ich immerhin die Chance, meine *Manolos* zu tragen. Weil ich eben *nicht* die ganze Zeit für die Gäste hin und her flitzen muss. Am Wochenende kaufe ich mir das passende Kleid dazu. *So wahr ich hier sitze!*"

„Klar, Ella", rief ich aus und klatschte in die Hände. „Das ist doch *die* Gelegenheit! Endlich."

Ich selbst hatte die *Manolos* - Schuhe des spanschen Modedesigners Manolo Blahnik - vor einiger Zeit entdeckt, als ich mit Ella shoppen gewesen war. Eigentlich waren sie für unsere Einkommensverhältnisse praktisch unerschwinglich, schließlich waren wir nicht so betucht wie die Damen aus der Kult-Fernsehserie *Sex in the City*, an deren Füßen wir zum ersten Mal Blahniks Kreationen gesehen hatten. Aber *diese* schwarz seidenen Riemchen-Sandalen aus seiner Kollektion gab es in unserem Lieblings-Second-Hand-Laden am Rande der schönen Stadt S. für ganze 100 Euro. Ein Schnäppchen! Sofort hätte ich die für mich gekauft, aber Größe 38 und ein 10- Zentimeter-Stiletto-Absatz waren unüberwindliche Hindernisse: Ich lebe auf Füßen, die - gerade noch - in Größe 41 passen, und *Hallux-Valgus* haben sie auch. Bei Ella hingegen saßen die Schuhe wie angegossen, und es gelang ihr sogar auf Anhieb, einige Schritte darin zu laufen!

„*Sensationell*, Ella", hatte ich gesagt und mich gefreut, wie toll sie aussah in ihren engen Jeans und den traumhaft schicken Pumps an den Füßen. Ein bisschen neidisch war ich auch.

„Meinst du wirklich...? Soll ich die echt kaufen? Ich weiß nicht. *Wann*, Adele, soll ich die überhaupt anziehen? Beim *Ball der Susaten*\*\*? Ich höre schon Jos Kommentare... ."

Jo, Ellas Mann, nahm in Kleidungsfragen eher den pragmatischen Standpunkt des bodenständigen Landwirts ein. Dass seine Frau Beine hat wie ein Mannequin und auch ansonsten die knackigste unter uns Mittfünfzigerinnen im Dorf ist, ist ihm mit Sicherheit bewusst. Aber hatte sie dieselben Reize denn nicht auch, wenn sie solides Schuhwerk trug, mit dem sie über den Hof und in die Stallungen rennen konnte ohne umzuknicken?

„Sonst überhörst du Jos Bemerkungen doch auch", entgegnete ich. „*Nimm' diese Schuhe*, Ella! Die sind *der Fitsch* schlechthin. *Klassiker oben-drein.* Es wird schon in den nächsten Jahren mal einen Anlass geben, sie zu tragen."

Ella war mittlerweile auch ganz verliebt in die *Manolos*. Sie hatte noch einmal kurz geseufzt und dann zugeschlagen. Mit Mundwinkeln, die sich bis zu ihren Ohren erstreckten, hatte sie die extravaganten Pumps aus dem Laden getragen. Im Originalbeutel. Den hatte es sogar kostenlos dazu gegeben.

Und nun, nicht einmal ein Jahr später, bot die Hochzeit von Matthes einen Anlass, *Sex and the City* bei uns auf dem Dorf zu zelebrieren.

„Du hast tatsächlich *Manolos!*", mischte sich Ingrid jetzt ein. „Ich wusste ja, dass euer Hofla-den gut läuft. Aber dass er sich *so* rentiert, war mir noch nicht bewusst."

Ella klärte sie über die Bezugsquelle und den Kaufpreis auf.

„Eins ist mal klar", sagte ich jetzt. „Viel Gedanken um das Kleid brauchst du dir nicht zu machen. Zu *den Schuhen* kannst du was von C & A tragen, und es fällt niemandem auf!"

„Allerdings muss ich noch laufen üben", meinte Ella. „Sonst blamier' ich mich. Oder trage Verletzungen davon. Oder beides."

Ich musste lachen. Meine Schwester Mara, ihrerseits Anhängerin ausgefallenen Schuhwerks, spricht ab einer gewissen Absatzhöhe immer von *Sitzschuhen*. Aber Caterer hin, Servicepersonal her, Ella würde auf der Hochzeit ihres Sohnes und ihrem Hof voller Gäste nicht die ganze Zeit vornehm sitzen bleiben. Das war einfach nicht ihre Art. Insofern war das schon eine gute Idee mit dem Lauftraining in High Heels.

„Beschäftigen Models nicht sogar spezielle Coaches dafür?", fragte ich. Ingrid meinte, davon hätte sie auch schon gehört.

„Brauch' ich nicht", sagte Ella. „Ich coache mich selbst. Die Schuhe waren schließlich schon teuer genug."

So kam es ein paar Tage vor dem Hochzeitsfest zu einer Begebenheit für die Dorfannalen: Ella hatte beschlossen, im Wohngebäude des Hofes schon einmal Klarschiff zu machen. Es wurden Übernachtungsgäste erwartet. Ella und Jo hatten es rundheraus abgelehnt, die Eltern und Geschwister der Braut im Hotel einzuquartieren. Schließlich verfügte man im Obergeschoss über genügend Zimmer und Betten, und außerdem konnte die neue Verwandtschaft, wenn sie *auf dem Hoff* schlief, gleich einen viel wahrhaftigeren Eindruck von westfälischer Lebensart gewinnen. Obendrein wurden Kosten gespart.

Ella ist mit einem Sinn fürs Praktische gesegnet, um den ich sie sehr beneide. Auch jetzt kam er wieder zum Einsatz: Während sie in einer kurzen Sporthose und einem Trägerhemdchen – es herrschten sommerliche Temperaturen - das erste Bett für die neue Verwandtschaft bezog, fiel ihr ein, dass die *Manolos* ja noch eingetragen werden mussten. Beinahe gleichzeitig hatte sie eine wunderbare Idee. *Warum nicht zwei Fliegen mit einer Klappe schlagen?* Zeit war in Ellas ausgefülltem Alltag mit Job, Haushalt und Hofladen ein knappes Gut. Was sprach dagegen, die hochhackigen Schuhe anzuziehen und *mit* ihnen an den Füßen zu erledigen, was noch zu erledigen war? Wer sagte denn, dass so ein Lauftraining zwingend auf einem Laufsteg absolviert werden musste?

*Ja, das mache ich*, dachte Ella. *Das ist genial.*

Und dann riss sie sich auch schon Sneaker und Söckchen von den Füßen, schlüpfte in hautfarbene Seidenkniestrümpfe und anschließend in die *Manolos*. Die kurze Hose und das

Top mit den Spaghettiträgern behielt sie an. Anschließend widmete sie sich wieder den Betten, putzte danach das Gästebad und saugte auch noch überall Staub. Sie kam dabei so in Fahrt, dass sie die High-Heels an ihren Füßen und ihr etwas ungewöhnliches Gesamt-Outfit vollkommen vergaß. Fast hätte sie auch das Klingeln an der Tür überhört. Doch dann drang es doch an ihr Ohr. Ihr fiel ein, dass sie für Jo übers Internet eine Auswahl von Krawatten für die Hochzeit bestellt hatte. Wahrscheinlich wurden genau die jetzt gerade von DHL gebracht. Behende sprang Ella - sie ist sportlich! - über den Staubsauger, landete trotz der High-Heels an ihren Füßen sicher wieder auf dem Boden und rannte aus dem Zimmer. Souverän meisterte sie die Kurve zur Treppe hin, stoppte jedoch jäh vor der ersten Stufe. Um ein Haar hätte sie sich in der Hundeleine verfangen, die über dem Treppengeländer baumelte.

*„Mensch, Jo!"*, rief Ella aus. Konnte ihr Mann nicht *einmal* die Leine von Pablo, dem Haus- und Hofhund, da hinhängen, wo sie hingehörte, nämlich an den Haken unten neben der Garderobe? Ella schnaubte ein bisschen, schnappte sich dann die Leine und lief, so schnell ihre *Manolo*-beschuhten Füße sie trugen, die weißlackierte Holztreppe hinunter zur Haustür. Sie war etwas außer Atem, als sie sie öffnete. In ih-

rer rechten Hand hielt sie immer noch Pablos Leine.

Vor ihr stand Ingrid.

„Hallo", begrüßte die Ella. „ich wollte dich grad' mal fra... ." Dann verstummte sie. Mit großen Augen und offenem Mund blickte sie einmal senkrecht an ihrer Nachbarin und Freundin entlang nach unten und wieder hinauf.

„Ähm...pff...ups... ." Das war alles, was die sonst so eloquente Ingrid noch hervorbrachte.

Auf Ellas vom anstrengenden Putzen und Zur-Tür-Sprinten leicht gerötetem Gesicht zeichnete sich ein enttäuschter Ausdruck ab.

„Och!", rief sie aus. „Du bist's. Ich dachte, es wäre der DHL-Bote mit den Krawatten!"

----

* Jaust (Pl. Jäuster): junger Bursche, Sohn

** Susaten: Ehemalige Studenten der Agrarwissenschaften an der Universität S.

## Explodierte Rotweinsoßen oder: Ist *das* Kunst?

The earth without art is just eh*
Unbekannter Autor

Mein Mann Johan malt Landschaften: Realistische Bilder, die Motive aus unserer schönen westfälischen Provence zeigen oder auch Himmel und Meer seiner norddeutschen Heimat. Abstrakte oder informelle Kunst hält er bestenfalls für Verlegenheitslösungen von Leuten, die weder eine Zentralperspektive noch Licht und Schatten ordnungsgemäß aufs Papier oder die Leinwand kriegen. Vor einiger Zeit hatte uns meine Schwester mal in eine Galerie geschleppt, die ein Bild von einem ihrer Künstlerfreunde präsentierte. Mara und ich starrten wie hypnotisiert auf eine riesige Leinwand, auf der drei knallrote Querbalken auf hellgelbem Grund zu sehen waren. Sonst nichts. Der Künstler hatte seine Komposition *traum der morgenröte* genannt.

„Das ist ein sehr interessantes Spannungsfeld, das sich da auftut zwischen Bild und Titel", bemerkte ich, und Mara nickte zustimmend.

„Hm", meinte Johan.

Weil ich ihn wirklich schon sehr lange kenne, weiß ich, was dieses *Hm* bedeutet. Drei breite rote Striche zu einem *traum der morgenröte* zu verklären, geht ihm gegen den Strich.

„Johan findet das Bild schrecklich", übersetzte ich *Hm* für Mara. „Er hält den Maler für untalentiert und den Titel für einen unzulänglichen Versuch, es mit tieferer Bedeutung aufzuladen, um so über  handwerkliches Unvermögen hinweg zu täuschen."

Mara grinste,  gab aber noch nicht auf. „Es ist ja auch die Idee, die zählt", sagte sie. „Und übrigens: Beuys zum Beispiel oder Picasso konnten durchaus *richtig gut* gegenständlich malen."

„Hm", sagte Johan.

Diesmal hieß *Hm* so etwas wie „dann hätten die Typen dabei bleiben sollen, anstatt Frauen mit drei Nasen zu malen oder Badewannen mit Fett einzukleistern".

Ich verkniff mir diese weitere Übersetzung. Mara sollte nicht allzu tiefe Einblicke in Johans eher traditionelles Kunstverständnis erhalten. Und schon gar nicht sollte sie hinter die Kulissen unserer langjährigen Ehe blicken, die  offensichtlich dazu geführt hatte, dass wir gar nicht miteinander sprechen mussten, um zu wissen, was der andere sagen wollte.

Nun aber komme ich zu dem Ereignis, durch das ich das künstlerische Geschick meines Mannes überhaupt erst richtig zu schätzen weiß und die bildende Kunst für *die Kunst schlechthin* halte, gegen die zum Beispiel Bücher schreiben belanglos ist.

Alles begann mit einer großen Renovierungs- und Putzaktion. Wir hatten uns endlich eine neue Einbauküche angeschafft. Nachdem wir es mit der alten fast bis zur Silberhochzeit ausgehalten hatten, bestellten wir uns im Möbelhaus ein schickes, sehr modernes Modell mit allem Zipp und Zapp, das nun geliefert werden sollte. Das war *die* Gelegenheit, den kompletten Raum auf Vordermann zu bringen. Nachdem die alte Küche abgebaut war, hatte Johan die Wände geweißt und die Decke in einem hellen Grauton gestrichen, und ich hatte sämtliche Fliesen an der Wand und auf dem Boden so sauber geschrubbt, dass sie wie neu aussahen. Zwei komplette Wochenenden hatten wir damit zugebracht. Das Ergebnis konnte sich sehen lassen. Am späten Sonntagnachmittag des zweiten Wochenendes waren wir fertig – durchaus im doppelten Sinn. Erschöpft saßen wir auf den leeren Farbeimern und tranken ein Bier auf unseren handwerklichen Erfolg. Lange ausruhen konnten wir uns nicht. Abends erwarteten wir unsere Nachbarn, Ingrid und Hart, zu unserem monatlichen Sonntagskochklub, der trotz Renovierung bei uns stattfinden sollte. Weil wir nur eine provisorische Induktionsherdplatte zum

Kochen nutzen konnten, die uns meine Freundin Lioba geliehen hatte, war mit Ingrid und Hart verabredet worden, dass wir uns um das Fleisch in Gestalt eines Wildschweinschmorbratens kümmern würden. Die Vorspeise, die Beilagen und das Dessert – also alles andere - wollten die beiden mitbringen.

Nun fällt die Zubereitung von Fleisch von jeher in Johans Zuständigkeitsbereich. Ich beschloss also, mich am Anblick der frisch gestrichenen Wände, der strahlend sauberen Fliesen und meines kochenden Mannes zu erfreuen. Das alles ließ sich, da wir eine zum Wohnzimmer hin offene Küche haben, sehr gut liegend - vom Sofa aus - erledigen.

Mit einem Rezept aus „Wild kochen" vor der Nase schnitt Johan Zwiebeln und Möhren, erstellte ein Bouquet Garni aus frischen Kräutern und deponierte alle weiteren Zutaten für seinen Wildschweinbraten einschließlich des Rotweins zum Ablöschen griffbereit neben Liobas Kochplatte, die auf einem alten Klapptisch ihren Platz gefunden hatte. Aus der Anlage im Wohnzimmer erklang der Gesang von Jose Carreras, und Johan summte selbstvergessen bei *Nessun Dorma* mit. Hübsch sah das aus, wie er da so konzentriert vor sich hin werkelte, fand ich, bevor ich meine Augen schloss, um mich ganz der schönen Musik und den nun aufkommenden Wohlgerüchen hinzugeben. Offenbar war das Fleisch mittlerweile bereits in der Pfanne gelandet. Ich hörte noch, wie Johan etwas zu mir sagte wie: „Das wird heute ein sehr leckeres Sößchen", dann muss ich für einige Momente weg genickt sein.

Der Knall war so laut, dass ich - augenblicklich hellwach - vom Sofa aufsprang und den Namen meines Mannes schrie, der im selben Moment laut „Scheiße" rief. Ich war mit einem Satz in der Küche... und sah die Bescherung. Offenbar in dem Moment, als Johan den Rotwein in den Bräter gekippt hatte, war ihm der komplette Rotweinsoßenansatz quasi um die Ohren geflogen. Und nicht nur dahin! Die fettige dunkelrote Flüssigkeit war einmal komplett über den ganzen Fußboden gespritzt.

„Bist du wahnsinnig!", brüllte ich meinen Mann an. „*Meine* schönen saubere Fliesen! *Mein Werk*! Die Arbeit von vier Tagen! Zerstört!"

„Was heißt hier meine *Fliesen*? *Mein Gesicht ist verbrannt.*" Auch Johan wurde – entgegen seiner üblichen Art – recht laut.

„Warum kippst du auch den Alkohol 'rein ohne die Pfanne vom Herd zu nehmen?" Mein Mitleid mit Johan und seinen sich nun allmählich rötenden Wangenpartien hielt sich in Grenzen. Dafür wuchs mein Mitgefühl für mich selbst. Verdammt! Ich kannte jede einzelne dieser Fliesen im Detail und hatte mir eine schmerzhafte Entzündung am Ellenbogen eingehandelt, so gründlich hatte ich mir an ihnen zu schaffen gemacht. *Und nun das!* Im Prinzip konnte ich von vorn anfangen.

„*Vier Tage*, Johan", wetterte ich. „Vier Tage habe ich diesen blöden Boden gewienert wie 'ne Bekloppte und du ruinierst einfach mal alles mit dem blöden Braten."

Im Prinzip wusste ich, wie ungerecht das war, was ich meinem Mann an den Kopf warf. Aber irgendwie kam ich aus der Nummer so schnell nicht wieder 'raus.

Johan war mittlerweile verstummt. Ich verschwand kurz aus der Küche, um Wischeimer, Schrubber und Feudel zu holen. Als ich damit zurückkam, sah ich, dass er die jetzt knallroten Stellen in seinem Gesicht mit einem Eiswürfel kühlte. Ich würdigte ihn keines weiteren Blickes, sondern fing an - fluchend und auf allen Vieren -, die Rotwein-Fettmischung von den Bodenfliesen zu entfernen.

„Danke für deine außerordentliche Empathie", zischte Johan mir zu.

„Dito", keifte ich zurück.

Dann ging er nach draußen, um eine Zigarette zu rauchen und als er zurückkam, hatte ich mich ein wenig beruhigt.

„Noch schlimm?", fragte ich vorsichtig.

„Geht schon wieder."

Johan ist kein Weichei. Er hat zwei ältere Brüder. Wahrscheinlich lernt man da Schmerzen auszuhalten.

Ich wischte die Küche zu Ende, und Johan produzierte eiligst eine neue Rotweinsoße für das Wildschwein – diesmal ohne Explosion. Dann deckte ich den Esstisch, dekorierte ihn hübsch und sah noch einmal nach, ob der Begrüßungssekt schon die richtige Temperatur hatte. Alles war wieder im Lot.

Dachte ich.

Als ich den Sekt aus dem Gefrierfach nahm und in den Kühler mit den Eiswürfeln legte, wanderte mein Blick zufällig zur vor kurzem frisch in Hellgrau gestrichenen Zimmerdecke. Sie war über und über gesprenkelt. Im schönsten Rotweinrot.

Diesmal kam Johan zu mir in die Küche gerannt. „Um Gotteswillen, Adele", rief er. „Warum schreist du so? Was ist *denn jetzt wieder* passiert?"

Ich konnte kaum reden.

„Sch...sch...schau", stammelte ich. „Nach oben, *daaa!*"

Johan sah an meinem ausgestreckten Arm entlang nun ebenfalls zur Küchendecke empor.

„Oh", sagte er.

„Und du hast... natürlich hast du... keine Farbe

mehr... von *dem* Grau... hast du mir... ja selbst gesagt... vorhin. *Johan!* Weißt du, was... *das*... bedeutet? Wir müssen, du musst... die ganze Decke... noch einmal... streichen. Und die Küchenmöbel werden übermorgen geliefert! *Ich könnte heulen.* Warum hattest du überhaupt die verdammte Idee mit diesem Wildschwein in Rotweinsoße?"

Ermattet sank ich auf den leeren Eimer mit Deckel, in dem sich ehemals die selbst angemischte graue Farbe befunden hatte.

Johan legte mir vorsichtig seine Hand auf die Schulter: „Ein bisschen sieht das ja aus wie dieses *Action-Painting*, das wir neulich mit Mara zusammen gesehen haben. Das fandest du doch eigentlich ziemlich gut."

„Ich *will* aber *kein Action-Painting* mit Rotwein", kreischte ich. *„Jedenfalls nicht hier!* Nicht an der Decke der Küche! Nicht in meinem Haus!"

In diesem Moment trafen – zum Glück! - Hart und Ingrid ein. Ihre Anwesenheit verhinderte, dass sich in unserer Küche zu den Rotwein- auch noch die Blutflecken von Johan und mir gesellten.

Am nächsten Abend, als ich nach Hause kam, stand Johan in der Küche - ganz oben auf der Leiter. In seiner linken Hand hielt er die Palette, die er sonst in seinem Atelier auf dem Dachboden unseres Hauses zum Mischen der Ölfarben für seine Landschaftsbilder verwendete. Mit der anderen Hand schwang er einen kleinen Künstlerpinsel.

Mir blieb der Mund offen angesichts des Wunders, dessen Augenzeugin ich gerade wurde. Kunst kommt wirklich von Können! Offenbar hatte Johan den grauen Farbton an der Decke erfolgreich nachmischen können und war jetzt dabei, jeden einzelnen Rotweinsprengsel schwungvoll und mit dem ihm eigenen resoluten Strich zu eliminieren. Das Ergebnis war großartig: Weder sah man rote Flecken noch hoben sich die überpinselten Stellen vom grauen Untergrund ab.

„Ach, Johan", sagte ich leise, nachdem ich zur Sprache zurück gefunden hatte.„Vergiss' Beuys und Picasso. Der einzig wahre Künstler in meinem Leben bist du."

Johan hörte mich nicht. Er war vertieft in seine Arbeit, und auch heute spielte die Carreras-CD, und wieder sang er mit, diesmal bei *E lucevan de stelle*. Ich beschloss, ihm in die Arme zu sinken, sobald er von der Leiter heruntergekommen wäre.

----

*schwer zu übersetzendes Wortspiel. Wenn man die Buchstaben a,r,t (*art* = dt.Kunst) aus dem Wort *earth* (dt. Welt) entfernt, bleibt nur *eh* übrig ...

## Weimarer Klassik 2.0

Vor dem Goethe-Haus in Weimar stehen vier Jungs in zeittypischer Hose und Pose. Sie schießen Selfies von sich, das Haus bildet den Hintergrund. HipHop ertönt aus einem der Smartphones.

Ich kann schlecht einschätzen, wie alt die vier sind. Je mehr meine eigenen Kinder sich der Vollendung ihres dritten Lebensjahrzehnts nähern, desto schwerer fällt mir das. Ich vermute, die Youngster, zu denen sich mittlerweile auch ein dünnes Mädchen mit langen blonden Haaren gesellt hat, sind auf Klassenfahrt. Wann macht man die üblicherweise? In der zehnten Klasse?

Er sei in der 12 hier gewesen, klärt mein Sohn mich auf. Leo lebt mittlerweile in Berlin, horchte aber auf, als wir vor einiger Zeit bei einem Telefonat beiläufig erwähnten, wir wollten im September in Thüringen eine knappe Woche Urlaub machen. „Da komm' ich euch besuchen für einen Tag. In Weimar. Dienstag. Passt euch doch, oder? An den anderen Tagen bin ich schon verplant."

So kommt es, dass wir heute zu dritt unterwegs sind. Jetzt, wie gesagt, betrachten wir von außen Goethes Haus und dessen jugendliche Fans, die sich auf den Eingangstreppen immer noch enthusiastisch fotografieren, jetzt sogar gegenseitig.

„Seltsam", bemerkt Leo. „ich kann mich gar nicht mehr erinnern, dass wir damals mit der Schule auch *hier* gewesen sind. Überhaupt habe ich nur partiell Erinnerungen an Weimar. Das einzige, was ich von der Fahrt noch deutlich vor Augen habe, ist das Innere einer Bar. Ich glaub', sie hieß *Havanna* oder so ähnlich."

Johan (diesmal ist nicht Goethe gemeint, sondern Leos Vater) seufzt, sagt aber nichts. Ich vermute, ich weiß auch, warum. Bestimmt denkt er gerade an die Kosten für diese Schulfahrten, die seinerzeit beträchtliche Löcher in unsere knappe Haushaltskasse rissen. Wir hatten uns damit getröstet, dass es immerhin sinnvoll – nämlich in die humanistische Bildung unserer Sprösslinge – investiertes Geld war. Ach, mein Johan! *Es irrt der Mensch, solang er strebt... .*

„Ganz erstaunlich, die Begeisterung dieser jungen Menschen für den alten Goethe", sage ich. Und zu Leo: „Da scheint sich wohl etwas verändert zu haben."

Während ich noch überlege, ob das an geänderten Lehrplänen, besseren Lehrern oder einer neuen Hinwendung zu den Idealen der deutschen Klassik in schwierigen Zeiten wie diesen liegt, grinst Leo mich an: „Ist so, Ma!"

Um mir gleich anschließend zu erzählen, dass

es einen neuen deutschen Kultfilm gibt, der *Fack ju Göthe* heißt und so erfolgreich ist, dass aktuell bereits die zweite Fortsetzung in den Kinos läuft.

„Und du meinst, dieser Film ist der Grund, warum die alle so euphorisch sind?", frage ich.

In diesem Moment streckt das dünne blonde Mädchen aus der Gruppe uns und der Kamera ihren Mittelfinger entgegen: Gretchens Antwort 2017.

----

## Gerdie war meine Freundin

Vor sehr vielen Jahren, als ich mich in der durch ihre Würste und Universität bekannten Stadt Göttingen* mit meiner Examensarbeit herumplagte, lernte ich Gerdie kennen.

Sie saß mir – wie unversehens vom Himmel gefallen – eines Tages an einem der zerschrammten Holztische in der Bibliothek des Deutschen Seminars gegenüber. Ich hatte sie zunächst gar nicht wahrgenommen, weder gesehen noch gehört, wann und wie sie dort hingekommen war. Vermutlich, weil ich vollkommen absorbiert von der Außenwelt war - leider nicht infolge eines Schaffensrausches. Eher das Gegenteil traf zu. Meine Gedanken wanderten vom Hölzchen zum Stöckchen und wieder zurück. Ich litt unter Konzentrationsproblemen, zu denen sich Gefühle von Sinnlosigkeit gesellten sowie eine durch nichts zu besänftigende Angst, die mieseste Examensarbeit aller Zeiten abzuliefern. Alles in allem: eine ganz prima Mischung, um auf direktem Weg in eine Denk- und Schreibblockade zu schlittern und sich auch sonst das Leben schwer zu machen!

Wie paralysiert starrte ich auf die Uhr an der Wand gegenüber. Ein riesiges Modell – ähnlich jenen Uhren, die es bis heute auf Bahnhöfen gibt – mit einem Sekundenzeiger, der – so schien es mir – weiter und weiter vorrückte, unerbittlich *gegen* mich und meine hochtrabenden Pläne für eine glänzende berufliche Zukunft an der Universität. Mit jeder Sekunde lief – so empfand ich es - meine Zeit ab und davon. Näher und näher kam der Abgabetermin. Mein bisheriges Arbeitsergebnis bestand aus vielen, *sehr vielen* Sätzen, die ich in den vor mir liegenden College-Block geschrieben, aber leider gleich auch wieder durchgestrichen hatte.

Ich kaute auf meinem Bleistift herum und fixierte anschließend das schäbige beige-graue Linoleum unter dem Tisch, das aussah als läge es dort bereits seit den Lebzeiten der Gebrüder Grimm. Während es unter den Talaren Mitte der 1980er Jahre selbst in der niedersächsischen Provinz nicht mehr ganz so muffig war, gammelten viele Räumlichkeiten der altehrwürdigen *Georgia Augusta*\*\* vor sich hin. Besonders in denen der geisteswissenschaftlichen Fakultäten gab es beträchtlichen Renovierungsstau.

Ebenso abgewrackt wie der historische Boden unter meinen Füßen aussah, fühlte ich mich. Und deprimiert war ich obendrein. Regelrecht zwingen musste ich mich dazu, meinen Kopf wieder hoch zu heben. Verstohlen sah ich mich im Raum um. Alle Anwesenden schienen zu lesen, zu schreiben oder wenigstens produktiv vor sich hin zu denken. Alle – außer mir! Zweifel erfassten mich: Niemals würde ich auch nur einen einzigen klugen Gedanken zu meinem Thema zu Papier bringen können. Ich war eine Versagerin, völlig fehl am Platz in diesem heiligen Tempel von Wissenschaft und Forschung.

Zu allem Überfluss entdeckte ich zwischen den Regalen stehend und konzentriert in einem Buch lesend auch noch Friedrich Wesseling, *den* Überflieger schlechthin. Er studierte im selben Semester wie ich und schrieb seine Arbeit bei Professor Albert Schönefelder, dem international bekannten Kenner der deutschen Klassik und damaligen Aushängeschild der Göttinger Germanistik. Natürlich arbeitete Friedrich längst als Assistent an Schönfelders Lehrstuhl. Und als ob das alles an Begabung noch nicht ausreichte, verfasste mein Kommilitone kunstvolle moderne Sonette. Kürzlich hatte er damit den ersten Preis bei einem Lyrik-Wettbewerb, der an der Uni ausgeschrieben war, gewonnen. Was hatten dagegen schon die frei vor sich hin holpernden Rhythmen meines trivialen Gedichts über die Schwierigkeiten, seinen Platz im Leben zu finden, und der damit erzielte achte Platz auszurichten? Wie viele Teilnehmer hatte es eigentlich gegeben? Ich wurde sarkastisch: acht?- Höchstens!

Zu meinem Durchhänger gesellte sich also

heimlich und leise mein damals schon alter Bekannter namens Minderwertigkeitskomplex. *Du weißt nichts, du kannst nichts, du kriegst nix auf die Reihe,* raunte er mir zu. Darin, mich selber fertig zu machen, war ich immerhin richtig gut!

Dann geschah etwas.

Plötzlich und ohne irgendeine vorherige Ankündigung unterbrach ein laut gesprochener Satz die konzentrierte Stille des Raumes. Der Satz, der genauer gesagt eine Frage war, lautete: „Warum in aller Welt schreibt man bloß so einen gottverf... Scheiß', den im Leben kein Arsch versteht?"

Um uns herum schossen jetzt sämtliche Köpfe in die Höhe. Nie wurde mir anschaulicher vermittelt, was die Redensart *eine Frage steht im Raum* bedeuten kann. Erst eine ganze Zeit später wurde mir auch klar, wer sie mitten in die Herzkammer des Deutschen Seminars hinein gestellt hatte. Es war niemand anderes als die zierliche Frau, die mir gegenüber saß und die ich jetzt erst bewusst sah. Sie hatte braune Rehaugen und schwarze, kinnlange Haare - ähnlich frisiert wie die der französischen Schnulzensängerin Mireille Matthieu, die meine Oma über alles geliebt hatte. Auch der Kleidungsstil der Frau erinnerte an den *Spatz von Avignon:* weiße Hemdbluse, blau-weiß-karierter

Rock, roter Wollpullunder, schwarze College-Schuhe. Um ihren Hals baumelte eine silberne Sternzeichenkette. Insgesamt war die Frau ungewöhnlich gekleidet, fand ich. Vor allem ungewöhnlich brav, jedenfalls, wenn ich sie mit mir verglich. Mit meiner Punkfrisur, der schwarz-weiß-gestreiften Hose und dem neongelben Schlabberpullover fand ich mich ziemlich auf der Höhe der Zeit.

Hatte ich mich vielleicht vertan? Jemand, der aussah wie Mireille Matthieu, konnte doch unmöglich *so* reden... . Aber ich hatte mich keineswegs getäuscht. Die Frau legte nämlich in diesem Moment nach. Noch während ich sie musterte, entgleiste sie erneut.

„Was glotzt ihr denn alle so blöde?", brach es aus ihr heraus. Sie erntete entgeisterte Blicke und betretenes Schweigen.

„Pssssssst", rief schließlich jemand, der ein paar Tische weiter saß.

„Is' ja schon gut", erwiderte sie. „Bin eh' schon so gut wie weg. Regt euch ab, Leute!" Gleichzeitig knallte sie mit ordentlich Krawumm ihre große rote Umhängetasche auf die Tischplatte und begann, mit viel Getöse ihre Sachen zu packen.

Auf einmal stand Friedrich, der Überflieger, bei uns am Tisch. Ich zuckte zusammen. So nah war er mir und ich ihm noch nie gekommen.

Ehrfürchtig hielt ich die Luft an.

„Dürfte ich dich bitten, dich in Ton und Lautstärke zu mäßigen!", sagte er zu Mireille und sah dabei fast schon böse aus. „Falls du es noch nicht mitbekommen hast: Das hier ist der Lesesaal des Deutschen Seminars zu Göttingen und nicht die Hamburger Reeperbahn."

Ich versank fast im Erdboden. Auch wenn das Wort *Fremdschämen* damals noch nicht geläufig war, beschreibt es definitiv genau das, was ich in diesem Moment empfand.

Das Gesicht meiner Tischgenossin nahm die Farbe ihrer Tasche an, allerdings nicht vor Scham, wie ich schnell bemerkte. Sie stand auf, zupfte sich ihren knielangen Rock zurecht und baute sich vor Friedrich auf. Jedenfalls so gut das für sie zu bewerkstelligen war, denn sie war mindestens zwei Köpfe kleiner als er.

„Das mit der Reeperbahn nimmst du zurück", sagte sie bestimmt.

Friedrich wirkte überrascht. Mit Widerworten hatte er wohl nicht gerechnet.

„Ähm", machte er. Danach sagte er erst einmal nichts mehr.

Mein Fremdschäm-Gefühl wich einer gewissen Bewunderung. Dieses für den damaligen studentischen Zeitgeist viel zu bieder gekleidete und frisierte Wesen hatte es geschafft, den schlauen Friedrich Wesseling mitsamt seiner sprachlichen Brillanz kalt zu stellen.

„Ach vergiss' es einfach", sagte sie jetzt zu ihm. „Wenn du mich nun vorbei lassen würdest."

Mir blieb der Mund offen angesichts so viel Coolness. *Ich* hätte mich niemals getraut, mit Friedrich *Koryphäe*-Wesseling so zu reden wie sie es gerade tat.

Friedrich – weiterhin sprachlos – machte einen Schritt zur Seite. Sie wand sich an ihm vorbei und lief schnellen Schritts auf den Ausgang des Raumes zu. Wie Madame Chauchat\*\*\* zu ihren besten Zeiten knallte sie *rumms* die Tür hinter sich zu. In einem Regal daneben fielen zwei dicke Bücher um und stürzten zu Boden.

Was für ein Abgang! Ich starrte der Frau lange hinterher.

Ein paar Tage später stand sie in der Cafeteria des Zentralgebäudes vor dem Tisch, an dem ich saß.

„Hey", sagte sie und quetschte sich auf einen Stuhl neben mich.

„Wir kennen uns doch. Erinnerst du dich? Von neulich. Dem arroganten Knaben in der Bib blieb ja echt mal die Spucke weg. Der ist es wohl nicht gewohnt, dass jemand auch mal *Tacheles* mit ihm redet."

Sie ergriff meine Hand und schüttelte sie – lange und fest.

„Gerda", sagte sie. „Aber sag' lieber *die* – das mag ich lieber. Alle nennen mich so. Ma, Pa und die Brüder auch. Ich hab' einige Brüder, weißt du. Alle älter."

„Aha", sagte ich und rückte ein Stückchen beiseite. „Also... du möchtest *Di* genannt werden?"

„Ger*die*", korrigierte sie mich lachend. „Pass' du grad' mal auf meine Tasche auf. Ich hol' geschwind Kaffee. Du trinkst auch noch einen mit, ja! Geht natürlich auf mich."

Ehe ich etwas entgegnen konnte, war sie aufgesprungen und kehrte kurz darauf mit zwei dampfenden Bechern zurück, die sie so schwungvoll auf dem Tisch abstellte, das der Inhalt darin bedenklich hin und her schwappte. Dann saß sie auch schon wieder neben mir und redete weiter.

„Bei dem Typen war ja echt mal *so was von die Bereifung 'runter*", stellte sie fest. „Spielt sich da auf wie der Herr Dekan *himself*. Dabei ist er grad' mal *Hilfsbremser*, darf dem Prof die Kopien machen und, wenn er ganz lieb ist, auch mal die Tasche tragen."

Ich kombinierte, dass sie von Friedrich Wesseling sprach.

„Friedrich ist ziemlich..." - *begabt*, hatte ich

sagen wollen, hatte aber keine Chance gegen Gerdie, die mich unterbrach und meinen Satz vollendete, wie sie es für richtig hielt: „...eingebildet und von oben herab. Nicht mein Fall." Resolut ergriff sie ihren Becher.

„Und nun: *Prost Kaffee!*"

Ich verschluckte mich fast an meinem. Niemand, den ich kannte - außer vielleicht meiner Großtante aus der damals noch existierenden DDR - sagte *Prost Kaffee*.

„Wie heißt *du* denn übrigens?", fragte mich Ger*die* jetzt und klatschte – nachdem ich es ihr gesagt hatte – entzückt in die Hände.

„Das ist ja *knorke*", rief sie aus. „Endlich eine, die auch so 'nen bescheuert altmodischen Namen hat wie ich. Darauf müssen wir mal richtig einen heben, Adele. Ich nenn' dich einfach Adi, ok? *Samstag?* Da hab' ich noch nichts vor. Ich koch' schön für uns, kochen kann ich echt prima, und dann stoßen wir drauf an, dass wir uns kennengelernt haben. Acht Uhr? Du, ich muss los. Sportseminar. Hier!"

Sie gab mir einen Zettel, auf den sie schnell etwas gekritzelt hatte, und stürmte auch schon davon. Ohne sich umzudrehen winkte sie mir dabei noch zu.

Ich atmete erst einmal durch. *So was von die Bereifung 'runter, Hilfsbremser, Prost Kaffee, knorke* hallte es in meinen Ohren nach, während ich der kleinen Gestalt, die einen roten Dufflecoat und hochhackige schwarze Lederstiefel trug, wieder lange nachschaute. Etwas ratlos blickte ich auf den kleinen Zettel.

*Gerdie* stand dort und darunter eine Adresse in einem Göttinger Stadtteil. Keine Telefonnummer. Was, ja *was* sollte ich denn jetzt bloß tun?

„*Na, hinfahren,* was denn sonst? Du hast doch Samstag noch nichts vor oder?", sagte mein Mitbewohner, dem ich die ganze Gerdie- Geschichte erzählt hatte. Ich schätzte ihn für seine pragmatischen Ratschläge, die vermutlich auch ein Grund waren, warum ich ihn - fast ein Jahrzehnt später - heiratete.

Johan hatte recht: Ich hatte tatsächlich nichts vor. So machte ich mich am Samstagabend kurz vor acht in meinem orangefarbenen VW-Käfer, Baujahr 1971, auf den Weg. Ein bisschen komisch kam ich mir schon vor. Ich kannte diese Gerdie doch gar nicht, und sie passte eigentlich auch kein bisschen zu mir – allein das Outfit... und diese komische Fönfrisur. Alles wirkte so konservativ an ihr. Jedenfalls alles Äußere. Ob sie sich etwa beim RCDS**** engagierte? Doch ich war neugierig und fand, wenn ich es genau betrachtete, ihre Einladung irgendwie rührend. Selten hatte mich jemand so spontan und unkompliziert zu sich nach Hause gebeten.

Sie wohnte im obersten Stock eines viergeschossigen Hauses mit Flachdach. Eine schnöde und triste Mietskaserne. Ich dachte an den schönen Backstein-Altbau mit dem Sockel aus rotem Sandstein, in dem Johan und ich uns eine Dreizimmerwohnung im Erdgeschoss teilten. Wir hatten zwar kein Badezimmer und das Klo auf halber Treppe, aber dafür wohnten wir mitten in der Stadt, die Räume mit den hohen Flügelfenstern waren lichtdurchflutet, und wir durften den Garten nutzen, weil Johan für die betagte Besitzerin des Hauses den Rasen mähte. Niemals hätte ich mit Gerdie tauschen wollen, die mich an der Wohnungstür so herzlich empfing, als ob wir uns schon Jahre kennen würden. Sie nahm mir meinen Mantel ab und hängte ihn an die Garderobe im Flur. Dann führte sie mich in das Wohn-Esszimmer an einen hübsch gedeckten Tisch, an dem bereits ein großer, etwas bulliger Mann mit dunkelblonden Haaren saß.

„Darf ich euch vorstellen?! Das ist Christian, mein Mann. Christian, das ist Adele. Wir kennen uns vom Studium her."

„Tach", sagte Christian und streckte mir seine riesige Hand entgegen. Ich muss verdattert geguckt haben.

Das hatte mehrere Gründe: Noch nie war ich

in einem studentischen Haushalt gewesen, in dem es eine Schrankwand aus Eiche und eine Sitzgarnitur aus braunem Cord gab. Geschweige denn eine Flurgarderobe, an der ordentlich aufgereiht auf Kleiderbügeln Mäntel und Jacken hingen. Auch konnte ich mich nicht erinnern, jemals unter Meinesgleichen vorgestellt worden zu sein. Und last not least kannte ich damals in Göttingen keinen Menschen in meinem Alter, wirklich keinen einzigen, der in ehelicher Gemeinschaft lebte. (Ich selbst kam mir ja schon spießig vor, weil ich nicht in einer WG, sondern mit meinem Freund zusammen wohnte.)

Ich glaube, ich erlitt zunächst einen leichten Kulturschock. Dann aber verbrachte ich einen der lustigsten Abende meiner gesamten Studentenzeit.

Gerdie tischte Rouladen mit Rotkohl und Klößen auf. Alles eigenhändig von ihr gekocht und so lecker, dass es mich an das Sonntagsessen meiner Mutter erinnerte. Zum Essen und auch danach gab es bei Gerdie Rotwein. Es nützte mir nichts, als ich beteuerte, ich müsse mich zurückhalten, weil ich mit dem Auto gekommen sei.

„Hab' ich alles schon geregelt. Christian fährt dich nach Hause. Er mag sowieso keinen Alkohol. Oder ich bezieh' dir die Couch und du schläfst bei uns."

Der Rotwein war ziemlich lecker.

Gerdie schenkte mir zum dritten Mal nach. Ach, was soll's, dachte ich und nahm das Übernachtungsangebot an, woraufhin sich Christian schon mal erleichtert in sein Bett verzog.

Gerdie und ich tranken weiter. Mittlerweile hatten wir auch angefangen zu rauchen.

„Schon doof für den Sport, das mit der Qualmerei", erklärte sie mir, während sie so heftig an ihrer Zigarette zog, dass ich befürchtete, sie würde diese komplett in sich hineinsaugen.

„Gehen mächtig auf die Kondition, diese *Lungenbrötchen*. Christian hasst es außerdem, dass ich rauche. Aber ich kann's einfach nicht lassen. Zum Glück ist Turnen mein Schwerpunkt. Da braucht man nicht ganz so viel Luft."

„*Wow*. Turnen!", sagte ich. „Meine allergrößte Bewunderung dafür. Ich krieg nicht mal 'nen Purzelbaum hin. Kannst du auch Handstand und so?"

„Klar", sagte Gerdie. „Ich kann sogar auf Händen laufen. Schau!"

Ehe ich mich versah, war sie aufgesprungen und demonstrierte mir ihr Können. Mit in der Luft baumelnden Beinen bewegte sie sich kopfüber auf ihren Händen erstaunlich rasch über den hellblauen Wohnzimmerteppich in Richtung der Zimmertür fort - wie ein Akrobat.

„*Wow*", sagte ich nochmal.

Gerdie ließ sich lächelnd und etwas außer Atem neben mir auf das Cordsofa plumpsen. Sie drückte die Zigarette im Aschenbecher aus, um sich gleich darauf eine neue anzustecken.

„Eine meiner leichtesten Übungen", bemerkte sie. Dabei inhalierte sie tief und hingebungsvoll.

„Meine Güte", rief ich voller Bewunderung aus. „Du könntest im Zirkus auftreten."

Gerdie lachte. „Eigentlich würde ich das sogar gern tun. Viel lieber als studieren, glaub' es mir."

Es folgte ein ausführlicher Bericht über eine Schwimmprüfung, die sie für das Sportstudium absolvieren musste. Ja, sie sei sportlich, doch schwimmen könne sie leider überhaupt nicht. Am schlimmsten seien die 100 Meter Freistil gewesen, auf denen sie wegen mangelnder Technik  nicht ein einziges Mal Luft holen konnte. „Und die Augen im Wasser aufmachen krieg' ich auch nicht hin. Also bin ich auf Bahn 2 gestartet, auf Bahn 7 ins Ziel... . *Lach nicht!* Immerhin bin ich gerade noch in der vorgegebenen Zeit geblieben. Knapp, aber geschafft. *Uff.* Da war ich aber mal erleichtert, Adi, das kannst du mir glauben!"

Christian, der ebenfalls Sportstudent war, und seine Kumpels hatten ihren Zieleinlauf laut

Gerdie mit Gegröle begleitet und dabei rosa Puschel geschwenkt wie amerikanische Cheerleader.

„Aber", so fuhr sie gut gelaunt fort, „es gab eine zünftige Revanche, als die Jungs bei der rhythmischen Sportgymnastik Keulen und Bänder schwingen mussten. Das hättest du sehen sollen! *Da war ich dann der Hund und Christian der Baum.* Du glaubst nicht, *wie* der gelitten hat. Ich habe mich scheckig gelacht."

Der eigentliche Alptraum aber, gestand sie mir anschließend, sei ihr anderes Studienfach: Deutsch.

„*Tutto completto ein Griff ins Klo*", lautete ihr Kommentar. „Jetzt muss ich da irgendwie durch. Hilft ja nichts. Ich schreib' übrigens über Jean Paul. Idee von meinem Prof. Ich selbst hatte keine. Und du?"

„Über den *Zauberberg*", sagte ich.

Gerdie pfiff durch die kleine Lücke, die ihre oberen Schneidzähne bildeten. „Alle Achtung! *Du traust dich was... .*"

Meine Antwort war ein Stoßseufzer. Da hatte ich den Salat. Selbst dieses etwas verrückte Huhn neben mir auf dem Sofa hegte also Zweifel, ob ich mich mit dem Thema meiner Examensarbeit nicht verhoben hatte. *Na prima.*

„Ach was... *Scheherz!*", rief sie jetzt. „Wenn das jemand hinbekommt, dann du."

„Danke", sagte ich. „Aber woher nimmst du die Gewissheit?"

„Weil du Literatur echt magst? Weil du belesen bist? Weil du dich schriftlich ausdrücken kannst? Such' dir was aus... . Auf mich trifft nichts davon zu! Echt traurig. Ich wollte Bio studieren, aber mein Abi war dafür zu schlecht. Deutsch war 'ne Verlegenheitslösung, mehr nicht."

„Jean Paul ist nicht gerade als Page-Turner bekannt", bemerkte ich. „Vielleicht hätte dich ein anderer Autor mehr motiviert?"

„Als er noch das Leben hatte, genoss er's fröhlicher wie wir alle", zitierte Gerdie. „Also eigentlich", fuhr sie anschließend fort, „finde ich sogar, dass der Jean manchmal ganz witzige Einfälle hatte. Und Humor! Aber, dass ich jetzt darüber schreiben soll, dass er witzig schreibt und warum genau das jetzt witzig für den Leser ist, finde ich extrem unwitzig. Im Gegensatz zu Jean Paul und mir versteht die Germanistik als solche aber einfach keinen Spaß. Leider."

Mir schwirrte ein wenig der Kopf.

„Müsste es nicht fröhlicher *als* wir alle heißen?", fragte ich.

Gerdie zuckte mit den Schultern.

„Was weiß ich denn? Ich bin aus Hessen, soviel zu meinen Grammatik-Kenntnissen. Außerdem bin ich betrunken. Ach, es ist schön mit dir, Adi! Es tröstet mich gerade, dass ich immerhin *dich* dank des bekloppten Studiums kennen gelernt habe. Vielleicht hat mein Vater recht und alles hat doch seinen Sinn im Leben."

„Ist dein Vater Theologe?", fragte ich.

Gerdie zuckte zusammen.

„Schlimmer", sagte sie nach einer kleinen Pause. Für ihre Verhältnisse sprach sie recht leise und verstummte danach zunächst ganz.

„Was jetzt?"

„Professor für Germanistik, *das ist es ja.* Ich bin nach der Gerda in den *Buddenbrooks* benannt."

„Nicht dein Ernst."

„Nö. Eher der meines Vaters. Aber, wie unschwer zu erkennen ist, habe ich nix von Papas Talenten geerbt. Ich komme mehr nach meiner Mutter."

„Und was macht die?"

Gerdie grinste. „Sie ist sportlich, erzählt gern Witze und liebt Rotwein. Prost, Adi!"

„Prost, Gerdie!"

Ich ersparte mir, Gerdie die Geschichte zu erzählen, warum ich - dank meiner damals zehnjährigen Schwester Mara - ebenfalls nach einer Romanfigur benannt wurde. Mara durfte meinen Namen aussuchen, hatte sich aber zu dieser Zeit noch nicht für Weltliteratur interessiert, so viel kann ich verraten.

Gerdie und ich setzten unser Gelage fort, kicherten, tranken und rauchten beherzt weiter. Unsere Stimmung war glänzend, so ein bisschen wie im Mädchenpensionat. Nach Mitternacht und der zweiten Flasche Wein fingen wir auch noch mit dem Lästern an. Unser erstes und – in Ermangelung weiterer gemeinsamer Bekannter – auch einziges Opfer war Friedrich Wesseling. Ihm müssen im Schlaf ganz schön die Ohren geklingelt haben, wie man bei uns auf dem Dorf so sagt.

Als ich am nächsten Vormittag auf Gerdies Sofa aufwachte, lachte ich - trotz meines schweren Kopfes – weiter. Das lag an den Erinnerungen an die vergangene Nacht, aber auch an der Botschaft, die Gerdie auf einem Zettel hinterlassen hatte. Er lag auf dem Couchtisch neben einer Flasche Wasser, einer Thermoskanne Kaffee und einer Packung Aspirin. *Falls eins der Gläschen Rotwein schlecht gewesen sein sollte*, lautete die Nachricht an mich.

Über ein Vierteljahr traf ich mich regelmäßig mit ihr: im Deutschen Seminar, in der Cafeteria oder Mensa, manchmal auch bei ihr oder bei mir zu Hause. An Gerdie schieden sich die Geister der Mitstudenten. Die meisten fanden sie laut, unsensibel und oberflächlich. Viele schüttelten den Kopf über sie, weil sie Sachen sagte wie: *da haben die aber nur noch meine*

83

*Rücklichter zu sehen gekriegt* oder *meinen Hintern verwette ich darauf. Ich* könnte heute beinahe wetten, dass der Ausdruck *alter Falter,* den meine Kinder Anfang des neuen Jahrtausends aus der Schule mit nach Hause brachten, von keiner anderen als Gerdie kreiert wurde. Zumindest wird sie ihn rege benutzen, dessen bin ich mir allerdings sicher.

Solange wir an unserer Examensarbeit schrieben, bildeten Gerdie und ich eine Art Schicksalsgemeinschaft. Wir taten uns beide schwer. Ich war sogar mehrmals kurz davor, alles hinzuschmeißen. Kapitulation war für Gerdie keine Option. Eines Tages biss sie so fest in ihren Bleistift, dass ich hören konnte, wie das Holz zwischen ihren Zähnen splitterte.

„*Verdammt und zugenäht!*", rief sie aus. „Weißt du was? Ich. Werde. Jetzt. Anfangen. Diese. Verf... Arbeit. Fertig. Zu. Schreiben. Jawohl. Außerhalb dieser Mauern wartet ein Leben auf mich!"

Ich glaube, das war auch für mich die Initialzündung. Jedenfalls strich ich zum ersten Mal meine Sätze nicht mehr durch. Sechs Wochen später brachten wir gemeinsam unsere Examensarbeiten zum Binden und gaben sie gerade noch rechtzeitig ab.

Nach dem Examen trennten sich unsere Wege.

Gerdie nahm irgendwo in Nordhessen ihr Referendariat auf und zog mit ihrem Mann aus Göttingen weg. In welchen Ort sie ging, habe ich leider genauso vergessen wie ihren Nachnamen. Ich erinnere mich an ein einziges Telefonat mit ihr, bei dem sie mir erzählte, dass sie sich ein Kind wünsche und deswegen mit dem Rauchen aufgehört habe. Einmal habe sie noch heimlich auf dem Balkon eine gequalmt, als ihr Mann nicht zu Hause gewesen war. Danach sei sie *fast abgekackt.* Es ging ihr so schlecht, dass sie auf allen Vieren zurück in die Wohnung kroch. *Halb tot* habe sie es gerade so noch geschafft, sich die Zähne zu putzen und umzuziehen. Denn auf keinen Fall durfte Christian ihren kleinen Rückfall riechen: „Der hätte mich dafür *angespitzt in den Boden gerammt.*" Seit dem dramatischen Ereignis war aber endgültig Schluss mit dem Nikotin! Das Doofe daran sei – so Gerdie, dass sie schon ordentlich zugenommen habe: „*Fett wie ein Otter.* Nichts mehr mit *Vaterunser durch die Rippen blasen.* Eins kannst du mir glauben, Adi: Wenn das so weiter geht, passe ich beim Vorturnen in der Schule bald nicht mehr zwischen die Holme vom Stufenbarren."

Danach habe ich nie mehr etwas von Gerdie gehört oder gesehen. Zeit und Raum waren gegen uns: Ich wechselte oft meine Arbeit, zog mehrmals um, bekam rasch hintereinander meine beiden Kinder. Ich hatte keine Zeit und Muße, mich um alte Freundschaften zu kümmern, und Gerdie ging es sicher ähnlich. Wir verloren uns endgültig aus den Augen.

Während mein inneres Bild von vielen Menschen aus der Göttinger Zeit mittlerweile doch sehr verblasst ist, sehe ich Gerdie immer noch deutlich vor mir: ihre wachen Augen, die immer wirkten, als würde sie sie erstaunt aufreißen, die Grübchen auf ihren Wangen, die die Form kleiner Halbmonde hatten, ihre lebhafte Gestik. Ich höre ihr lautes Lachen, von dem es einem manchmal in den Ohren klirrte. Lange habe ich geglaubt, Glück wäre zum Beispiel, in den Olymp der Wissenschaft aufzusteigen, so wie Friedrich, den ich sehr bewunderte und natürlich auch beneidete. Aber was ist schon so ein Olymp gegen diese wundervollen Erinnerungen an Gerdie, die mir für eine viel zu kurze Zeit eine so gute Freundin war und die mich bis heute zum Lachen bringt?

----

*Heinrich Heine schreibt bekanntlich in seiner Harzreise: *„Die Stadt Göttingen, berühmt durch ihre Würste und Universität, gehört dem Könige von Hannover, und* *enthält 999 Feuerstellen, diverse Kirchen, eine Entbindungsanstalt, eine Sternwarte, einen Karzer, eine Bibliotek und einen Ratskeller, wo das Bier sehr gut ist."*

**Georgia Augusta = Georg-August-Universität

***Madame Chauchat = Figur aus Thomas Manns „Zauberberg", die unter anderem durch ihr Türenknallen charakterisiert wird und von deren „Liederlichkeit" sich der Held magisch angezogen fühlt... (Wer mehr wissen will, lese nach. Ihn erwartet eine der schönsten Liebesgeschichten, die die Literatur zu bieten hat.)

****RCDS = Ring christlich-demokratischer Studenten

## Pumpernickel-Curtain

Aus der schönen Stadt S. stammt nicht nur das bekannte Brot. In der heimlichen Hauptstadt Westfalens - auch bekannt durch ihre Kirchen, Krähen und die Kirmes nach Allerheiligen - gibt es eine neue Attraktion!

Am westlichen Stadtrand wurde quasi über Nacht eine Wand errichtet, um eine Neubausiedlung vor den Lärmemissionen der nahegelegenen Bahnlinie zu schützen. Das Bauwerk erinnert leider fatal an ehemals so genannte *antifaschistische Schutzwälle* oder auch an den berühmten *Tortilla Curtain*, der die USA vor illegaler Einwanderung aus Mexiko bewahren soll.

Aus und vorbei ist es mit den schönen Aussichten; der weite Blick über Felder und Wiesen bis zum Haarstrang*, der mich seit zwanzig Jahren jeden Morgen und jeden Abend bei jedem Wetter und zu jeder Jahreszeit erfreut hat, ist Geschichte... *perdu* sozusagen.

Der Lärmschutz- Vorhang wurde mit öffentlichen Mitteln der Bundesrepublik Deutschland von der schönen Stadt S. gebaut, lese ich staunend. Ein Schild am Bahnübergang verkündet das.

Ja, dann... .

----

*Südlich der schönen Stadt S. gelegener Höhenzug

## Harte Fakten

Mineralwasser wird neuerdings wieder gern in Glasflaschen gekauft. Das ist umweltbewusst und die Gourmets unter den Wassertrinkern führen an, dass es einfach besser schmeckt, wenn das sprudelnde oder auch stille Nass in Glas und nicht in Plastik abgefüllt war, bevor es auf ihren empfindsamen Gaumen trifft. Ein Freund klärte mich zudem darüber auf, dass die Verwendung von Plastikflaschen gesundheitliche Risiken berge: Das Wasser würde unter Umständen mit molekularen Bestandteilen des Plastiks eine für den menschlichen Organismus unheilvolle Verbindung eingehen. Allein deswegen seien Flaschen aus Glas die bessere Alternative.

Das alles sind harte Fakten, die klar für den Kauf von Mineralwasser in Glasflaschen sprechen. Mich persönlich hatte jedoch der Einzug der Plastikwasserflasche in bundesdeutsche Supermärkte - zugegebenermaßen aus rein egoistischen Motiven – zunächst erfreut. Ich bin körperlich gehandicapt und kann nicht so gut schwer tragen: Eine Kiste mit Plastikflaschen ist deutlich leichter und somit besser zu handlen.

„Für *mich* ist Plastik gesünder als Glas", sagte ich selbstbewusst zu meinem Freund und ignorierte sein leichtes Augenrollen. „Deswegen bleibe ich bei *meinen* Flaschen."

Das tat ich auch eine ganze Zeit lang, doch dann begann ich doch in meiner Überzeugung zu wanken und zwar im vorletzten Sommer.

Das kam so: Beim traditionellen Sonntagskochclub mit unseren Nachbarn Ingrid und Hart – einmal im Monat treffen wir uns bekanntlich zum gemeinsamen Essen – standen zwei Flaschen aus Glas auf dem Esstisch. Beide hatten eine ungewöhnlich schöne Form und kunstvolle Etiketten - eins dunkel-, das andere hellblau. Auf dem dunkelblauen Etikett stand in einer eleganten Schrift *Herr Schönspritzig*, auf dem hellblauen *Frau Leiseprickel*. Johan entdeckte die Flaschen als erster, nahm eine davon in die Hand und betrachtete sie eingehend, aber mit gerunzelter Stirn.

„Ganz schön hell für 'nen Riesling", befand er. Ingrid, die sich gerade in der Küche zusammen mit ihrem Mann um die Vorspeise kümmerte, hatte das wohl gehört. Sie kam ins Esszimmer und klärte uns auf.

„Das ist kein Wein. Das ist *Wasser!*"

„*Ach so*", sagte Johan und stellte die Flasche auf den Tisch zurück. Er ist passionierter Weißweintrinker. Alle anderen Getränke interessieren ihn nicht besonders, schon gar nicht beim Abendessen.

„Allerdings ist es nicht *irgendein* Wasser", bemerkte Ingrid. „Es wird von einem Unternehmen in Norddeutschland abgefüllt, das sich weltweit für Zugang zu sauberem Trinkwasser einsetzt und deswegen einen Teil des Umsatzes an entsprechende Projekte spendet. Außerdem schmeckt es *vorzüglich*!"

Sie öffnete beide Flaschen und kredenzte mir ein Glas *Leiseprickel*. Johan bekam die *Schönspritzig*-Variante eingeschenkt. Sein zuvor geäußertes *nein danke, für mich nicht* hatte Ingrid offenbar überhört.

Das Wasser schmeckte wirklich gut.

„Köstlich, Ingrid!", sagte ich.

„Ja, ne? Finde ich auch. Kein Vergleich mit dem Discounter-Scheiß aus der Plastikflasche. Bei dem Wasser könnte man auf Wein glatt verzichten."

„Ich nicht!", sagte Johan.

Ich versetzte ihm unter dem Tisch einen kleinen Stupser mit dem Fuß. Johan verhält sich zuweilen etwas autistisch, was in unserer westfälischen Wahlheimat gar nicht mal *so* auffällt. Auch kennen unsere Nachbarn ihn mittlerweile gut genug, um zu wissen, dass höflicher Smalltalk für Johan keine bevorzugte Form der Kommunikation darstellt.

Dann meldete Hart sich an jenem Abend mit seiner sonoren Stimme vom Türrahmen aus zu

Wort. Er balancierte dabei eine riesige Vorspei-
senplatte mit allerlei Köstlichkeiten auf beiden
Händen.

„Scharfes Thaigemüse mit gebratenen Garne-
len in einem Soja-Bananenschaum-Süppchen",
verkündete er, um gleich darauf nahezu ak-
zentfrei *Dinner for one* zu zitieren: „White wine
with the fish" und seine Frau auf gut westfä-
lisch zu bitten: „Inchrid, jetzt aber mal wacker
den Wein auf'n Tisch!"

Anschließend tänzelte er anmutig einen
Schritt in unsere Richtung und stellte die Platte
mitten auf den großen runden Tisch. Ingrid
hatte derweil Harts Anweisung Folge geleistet
und Weißwein aus dem Kühlschrank geholt.
Rasch verteilte sie ihn auf unsere vier Weinglä-
ser, erhob ihr Glas und sagte: „Prost! Auf unser
heutiges Menü. Es hat das Motto *Alles Banane!*
und wird euch hoffentlich munden."

Das tat es. Ingrid und Hart hatten sich mal
wieder selbst übertroffen. Nach der Vorspeise
gab es Schweinerücken mit flambierten Bana-
nen und Süßkartoffelstampf. Als Dessert wurden kleine süße Küchlein mit Banane und einem Vanilleis-Topping gereicht.

„Superlecker", sagte ich.

„Nichts gegen euer extravagantes Mineralwasser, Ingrid", sagte mein Mann, „aber das
Prädikat *vorzüglich* verdient heute eindeutig

mehr der Fleischgang! So was Zartes und Saftiges. Chapeau!"

Hart blickte geschmeichelt. Der Braten war sein Werk gewesen. Er hatte ihn in seinem selbstgebauten Smoker auf der Terrasse zubereitet.

Dann kamen wir aber doch noch mal auf das *extravagante* Wasser zu sprechen.

„Die Flaschen sehen schon toll aus", sagte ich und deutete auf das hellblaue Etikett von *Frau Leiseprickel.* „Wo hast du die überhaupt gekauft, Ingrid? Jetzt sag' nicht über *ebay.*"

Unsere Nachbarin ist dafür bekannt, alle möglichen Schnäppchen über *ebay* zu schießen. Ich lag aber falsch mit meiner Vermutung. Das ebenso wohlschmeckende wie ökologisch korrekte Wasser hatte Ingrid im Getränkemarkt ihres Vertrauens in der schönen Stadt S. erworben.

Auf einmal war ich nachdenklich geworden. Wenn Ingrid und Hart jetzt auch zum in Glas abgefüllten Wasser griffen... ? Verhielt ich mich etwa doch zu leichtfertig und egoistisch und trug damit zu allen möglichen Umweltschäden bei?

„Ich würde es ja auch gern kaufen", hörte ich mich plötzlich sagen.

„Und was hält dich davon ab?", fragte Ingrid.

„Diese Glasflaschen sind so schwer!"

94

„Das stimmt", sagte Hart. „Aber wenn meine Frau sich was in den Kopf gesetzt hat... ."

Mir schwante etwas.

„Du kommst da ja schließlich donnerstags sowieso immer beim Getränkemarkt vom *Konsumland* vorbei", beeilte sich Ingrid ihrem Mann zu entgegnen.

„Genau", grinste Hart. „Und zwar auf dem Weg zur *Fi-si-o*-therapie. Das ist das, wo ich einmal die Woche wegen meinem Rücken hin muss. Die Therapie lohnt sich dann nach dem Einkauf wenigstens richtig!"

„*Johan...*", setzte ich an, kam aber nicht weiter. Mein Mann unterbrach mich, was selten vorkommt.

„*Oh, nein, Adele*", sagte er. „Ich komme *da* nicht *sowieso* vorbei. *Nie.* Außerdem hasse ich den Laden. Das weißt du. Und Mineralwasser trinke ich selten mal. Vielleicht hin und wieder im Hochsommer das eine oder andere *kleine* Glas."

Während ich noch überlegte, wie *andere* Frauen es hinbekommen, dass ihre Männer zum Einkaufen in den Getränkemarkt fahren, ergriff Ingrid das Wort und die Initiative.

„Hart, bring' Adele nächstens zwei Kisten von dem Wasser aus dem *Konsumland* mit! Auf zwei mehr kommt es ja dann auch nicht mehr an."

„Jawoll, Chefin!", sagte Hart.

Prompt standen am Donnerstag darauf zwei Kisten des Edelwassers vor unserer Tür.

*Der gute Hart,* dachte ich gerührt, als ich sie ins Haus schleppte. Ich stellte zwei Flaschen gleich auf den Esstisch. Es stach mir sofort wieder ins Auge: Diese Flaschen waren wirklich schick, da gab es nichts. Tolle Form, und die blauen Etiketten passten farblich 1a in unser Esszimmer. Meine innere Ästhetin votierte pro Glasflasche und holte das ökologische Gewissen und die Feinschmeckerin zur Unterstützung herbei. Alle drei verbündeten sich umgehend und redeten vehement auf den Teil von mir ein, der partout nicht aufhören wollte, mich an die anstrengende Verladerei der schweren Kisten zu erinnern.

Das Ganze hörte sich ungefähr so an:

Ästhetin: *Die Flaschen sehen absolut schön aus!*

Ökologisches Gewissen: *Glas ist so viel besser für die Umwelt!*

Feinschmeckerin: *Und erst recht für den Geschmack!*

Alle zusammen: *So schwer sind die Kisten nun auch wieder nicht, und außerdem kann Johan sie ins Haus tragen!*

Als ich an diesem Abend ins Bett ging, stand meine Entscheidung fest: Die Plastikflasche in unserem Haushalt würde ab sofort Geschichte sein!

Dann kam der nächste Tag und mit ihm ein spektakulärer Sturz, der in die Geschichte meines Radfahrerlebens eingehen wird. Leider spielte dabei neben einem offenen Schnürsenkel eine volle Flasche *Frau Leiseprickel* – Umweltschutz hin, Ästhetik her - eine ganz unrühmliche Rolle.

Es ist so, dass ich seit zwanzig Jahren fast jeden Morgen mit dem Fahrrad in die nahegelegene Stadt fahre, in der ich arbeite. Nur ganz schlechte Wetter- oder Straßenverhältnisse halten mich davon ab. Ich liebe meinen Weg durch die Felder – zu jeder Jahreszeit. Radfahren und Nachdenken vertragen sich gut. Es war, meine ich, Friedrich Nietzsche, der - sinngemäß - gesagt hat, man möge keinem Gedanken Glauben schenken, der einem im Sitzen kommt. Das kann ich bestätigen! Oft löse ich kleinere oder größere Probleme, während ich vor mich hin radele! Auch die eine oder andere wichtige Entscheidung habe ich auf dem Fahrrad getroffen. Wenn ich mal beim Schreiben feststecke, hilft es ebenfalls, einfach aufs Rad zu steigen und  - schwupps! – habe ich eine gute Idee, wie der Faden weiter gesponnen werden kann. Viele Dinge sehe ich auf einmal klarer. Oder ich kann auf einmal ganz neue Ideen verfolgen. Es war auch schon der Fall, dass ich nach einem Streit mit Johan schäumend vor Wut das Haus verließ mit der festen Absicht, noch am selben Tag die Scheidung einzureichen, und dann vier Fahrrad-Kilometer weiter tatsächlich vergessen hatte, *worüber* wir uns denn jetzt gerade gestritten hatten.

So fuhr ich auch an jenem Sommermorgen, versunken in Gedanken, meine übliche Route in Richtung der schönen Stadt S. Worüber ich gerade sinnierte, habe ich vergessen. Es war bereits ganz früh morgens warm gewesen, so dass ich mir einen leichten Sommerrock angezogen hatte und ein paar Turnschuhe für den sicheren Tritt während der Fahrt. Hinten auf dem Gepäckträger befanden sich in einem Korb neben den zum Rock passenden Schuhen, meine Arbeitstasche sowie eine Flasche des Gourmet-Mineralwassers, das Hart uns tags zuvor geliefert hatte.

Es geschah einige Meter entfernt vom Bahnübergang. Ich hatte zunächst nur ein merkwürdig beengtes Gefühl am linken Fuß. Als ich ihn von der Pedale heben wollte, stellte ich fest, dass das gar nicht mehr ging. Der Fuß schien wie gefesselt zu sein. Beim Hinunterschauen stellte ich entsetzt fest, dass er das *tatsächlich* war! Der lange Schnürsenkel des Turnschuhs hatte sich von mir unbemerkt geöffnet und – während ich den Feldweg entlang geradelt war – immer weiter um die Pedale gewickelt. Jetzt saß mein Fuß in der Falle und ich mit. Mein Adrenalinspiegel schoss in schwindelerregende Höhen. Tapfer bemühte ich mich, die in mir aufsteigende Panik in Schach zu halten und ruhig zu überlegen, was ich denn jetzt tun sollte.

„Warum hast du nicht einfach rückwärts getreten?", fragte Johan mich später. „Dann wär' der Fuß doch wieder frei gekommen?"

Gute Frage!

Ich hatte darauf aber keine Antwort.

Es ging alles viel zu schnell. Außerdem bin ich nicht wie Johan, der in brenzligen Situationen – mit wenigen Ausnahmen - die Ruhe bewahrt und in der Regel eine rettende Idee parat hat. Ich vermute immer, dass das eine Sache der Erbanlagen ist, denn ich verfüge nie über so einen inneren Notfallplan mit passenden Strategien für kritische Ereignisse. In solchen Situationen hoffe ich, obwohl ich wahrlich kein besonders religiöser Mensch bin, immer auf Hilfe von oben.

Während ich also betete, ich möge doch bitte *vor* dem Bahnübergang zu Fall kommen und wenn doch mitten darauf, dass dann wenigstens demnächst *kein* Zug durchfahren würde, stürzte ich schon mitsamt am Fuß befestigtem Fahrrad zu Boden. Dabei machten sich auch die Dinge in meinem Fahrradkorb selbständig. Sie flogen durch die Luft, und die

*Frau Leiseprickel*-Flasche machte, bevor sie auf dem Feldweg landete, leider noch einen Umweg über meinen Kopf. Ordentlich *dong* machte das, als das Glas der Flasche eine *für meinen Organismus* unheilvolle Verbindung einging.

„Autsch", sagte ich. Dann sah ich Sterne – wie im Comic – und als nächstes ein besorgtes Männergesicht über dem meinen.

„Sind Sie verletzt?"

Der Mann versuchte, mein Fahrrad aufzuheben, was nicht gelingen konnte, da es via Schnürsenkel fest mit mir verbunden war.

„Geht... nicht... hängt... fest", stammelte ich benommen. Der Mann – ich bemerkte jetzt, dass es sich um einen Bediensteten der Bahn handelte, der offenbar gerade Wartungsarbeiten an der Schranke vorgenommen hatte, als ihm vor die Füße fiel – erkannte nicht gleich, was gemeint war und zog nun fester an meinem Rad.

Es dauerte eine ganze Weile, bis ich ihn *erfolgreich* darauf hinweisen konnte, dass es das Beste sei, wenn er mir zunächst den Schuh auszöge. Ich selbst konnte in meiner unglücklichen Lage meinen Fuß nicht erreichen. So kam ich endlich frei und war bald darauf in der Lage, mit Unterstützung meines Ersthelfers aufzustehen, meinen Schuh wieder anzuziehen und sogar weiter zur Arbeit zu fahren. Alles war glimpflich ausgegangen. Ich musste tatsächlich gleich mehrere, sehr ambitionierte Schutzengel herbei gebetet haben, die wirklich etwas von ihrem Geschäft verstanden! Zwar hatte ich ein paar blaue Flecken und ein aufgeschürftes Knie davon getragen, aber meine Knochen waren alle heil geblieben. Am schlimmsten tat die große Beule an meinem Kopf weh, die entstanden war, als die Flasche mich dort getroffen hatte. Sie war übrigens danach auf den Grünstreifen neben dem Weg geflogen und dabei noch nicht einmal kaputt gegangen. Als umweltbewusster Mensch sammelte ich sie von dort natürlich wieder auf und legte sie in den Korb zurück.

Allerdings endete mit meinem Unfall am Bahnübergang die Ära der Glasflaschen in unserem Haus, noch bevor sie überhaupt richtig angefangen hatte. Nachdem wir Harts Lieferung ausgetrunken hatten, kaufte ich wieder die üblichen hässlichen Plastikflaschen mit dem grünen Etikett. Ich kam endgültig zu dem Resultat, dass Glasflaschen - jedenfalls *für mich* - zu viele gesundheitliche Risiken bergen.

Hart übrigens war voller Empathie, als ich ihm die Geschichte erzählte.

„Wenn ich *das* geahnt hätte", sagte er und sah mich bedauernd an, „hätte ich mich Inchrid geradewegs widersetzt. Konnte ja aber keiner ahnen, dass dir *stante pede* so 'ne olle Flasche gegen den Schädel knallt. Tut's noch dolle weh?"

„Ach, Quatsch, nein", beeilte ich mich zu antworten. Denn ich wollte nicht, dass unser Nachbar und Freund sich schuldig fühlte. Schließlich war es mein Missgeschick. „Das hat man davon, wenn man gut sein will", fügte ich augenzwinkernd hinzu.

„Gut gemeint ist manchmal das Gegenteil von gut", philosophierte Hart und seufzte. „Was den sieben Weltmeeren wohltut, kann dem eigenen Kopf schaden. So hat eben alles seine *zwei* Seiten."

Während ich noch über den tieferen Sinn seiner Ausführungen nachdachte, grinste Hart mich an – auf eine Art, wie nur er das hinbekommt.

„Sagen wir es mal so", meinte er dann zu mir, „Hauptsache ist doch, du hast nach diesem Schlach vors Kontor im Oberstübchen noch alle beisammen. Sonst müsste *ich* ja in Zukunft diese ganzen Geschichten aus unserem Dorf aufschreiben!"

----

FSC
www.fsc.org

MIX

Papier aus ver-
antwortungsvollen
Quellen
Paper from
responsible sources

FSC® C105338